I0751538

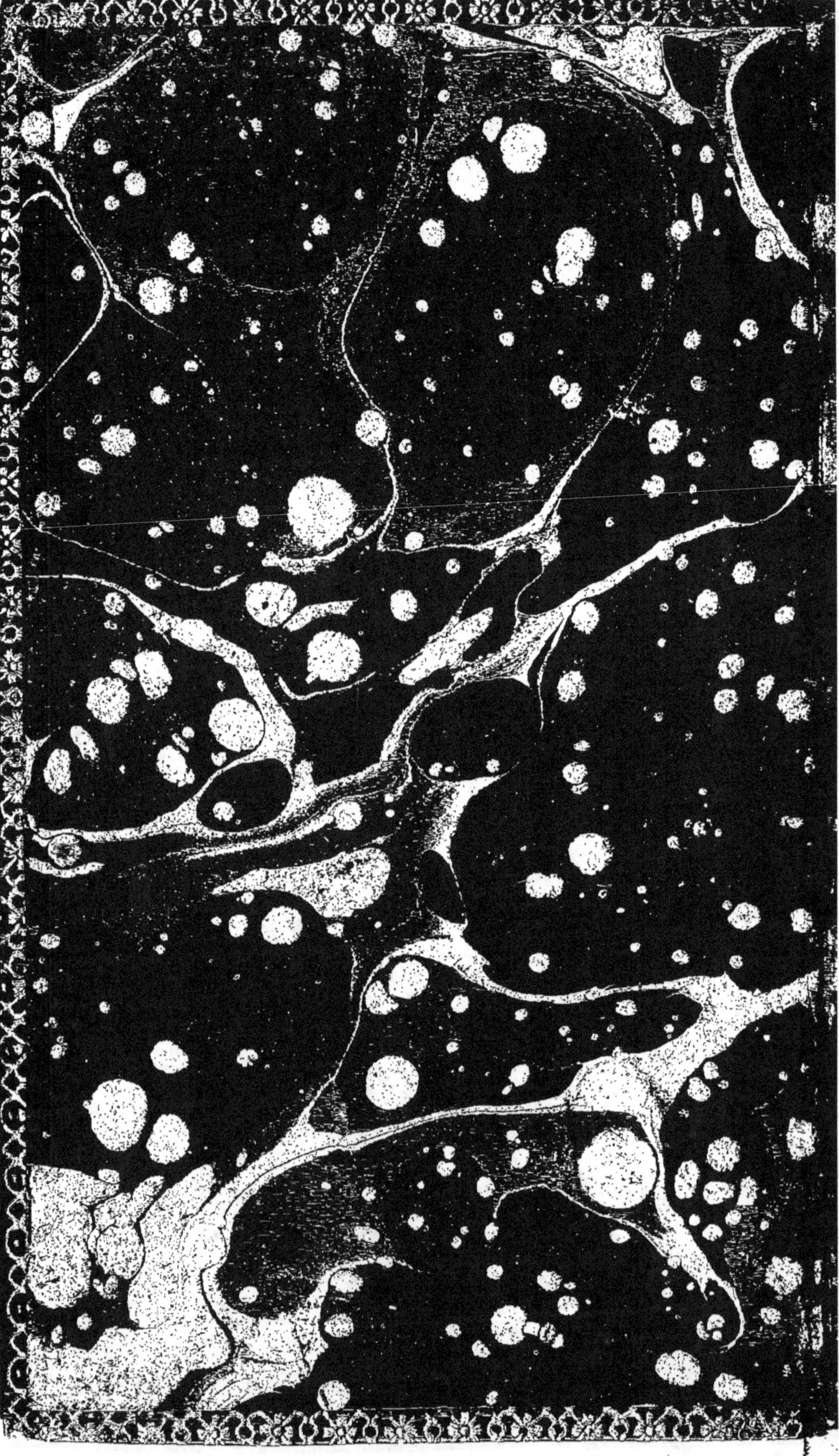

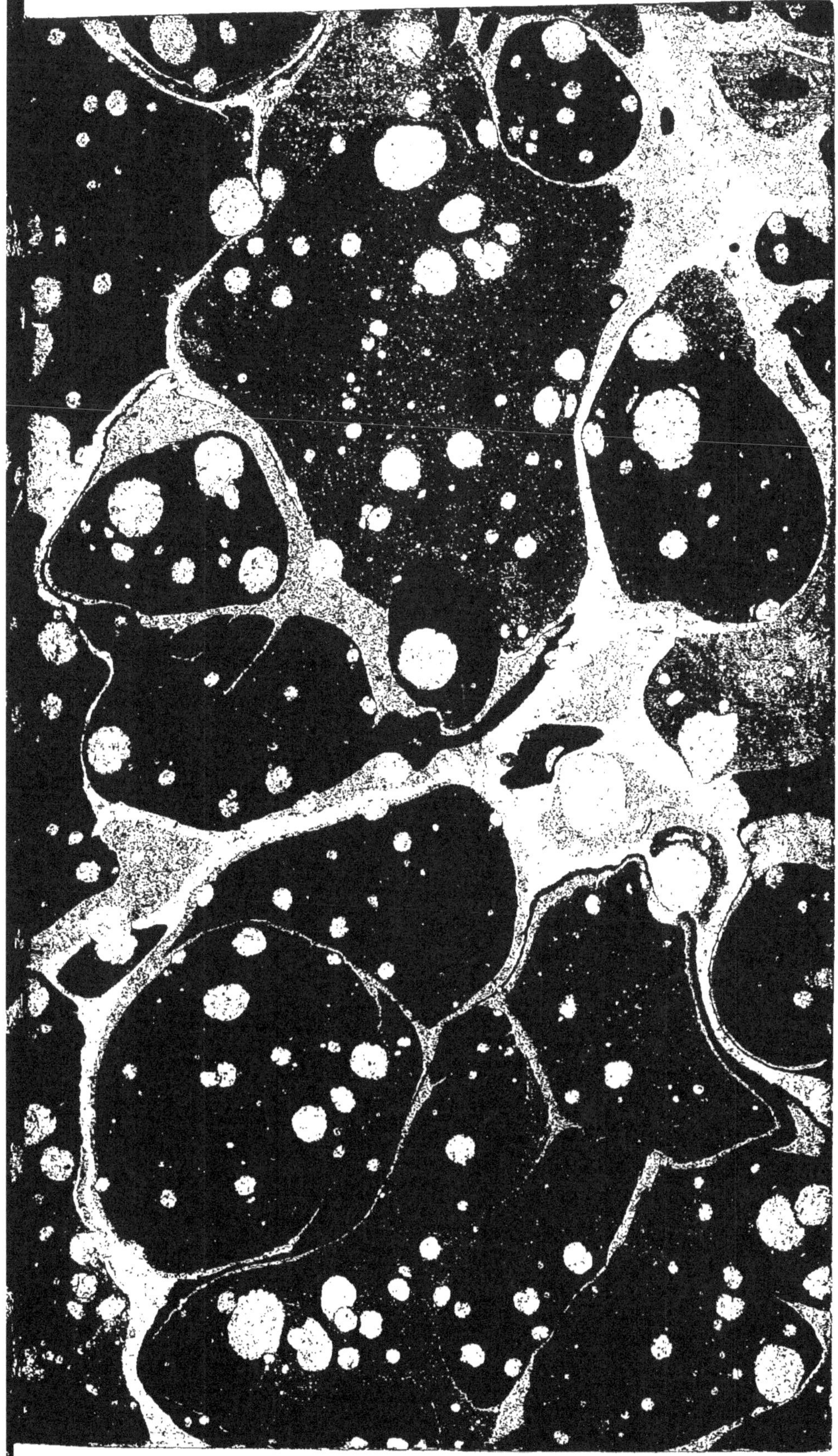

COLLECTION

DES AUTEURS CLASSIQUES

FRANÇOIS ET LATINS.

BREVET
QUI ORDONNE
AU SIEUR DIDOT L'AÎNÉ
D'IMPRIMER
POUR L'ÉDUCATION
DE M. LE DAUPHIN
DIFFÉRENTES ÉDITIONS
DES AUTEURS
FRANÇOIS ET LATINS.

AUJOURD'HUI, premier avril mil sept cent quatre-vingt-trois, le ROI étant à Versailles, bien informé de la beauté des éditions sorties des presses du sieur Didot l'aîné, et voulant récompenser et encourager les soins qu'il s'est donnés pour perfectionner en France la gravure des caracteres d'imprimerie et la fabrication des papiers, l'a choisi pour faire les éditions des ouvrages destinés à l'éducation de M. LE DAUPHIN;

et lui ordonne, en conséquence, d'imprimer sous les formats in-4°, in-8° et in-18, les principaux auteurs nationaux et latins, en commençant par le Télémaque, dont SA MAJESTÉ agrée la dédicace : à la charge par le sieur Didot l'aîné que chacune des éditions qui sortiront de ses presses pour cet objet soient faites avec des caracteres et des papiers fabriqués dans le royaume ; et qu'en outre le sieur Didot l'aîné indemnisera, suivant l'estimation, ceux de ses confreres qui pourroient avoir la propriété de l'impression de quelques uns des ouvrages que SA MAJESTÉ desire former partie de la Collection destinée à l'éducation de M. LE DAUPHIN. Mande SA MAJESTÉ au sieur LE NOIR, Lieutenant-général de Police et Commissaire du Conseil pour la Librairie, de tenir la main à ce que le sieur Didot l'aîné n'éprouve pour ce aucuns troubles ni empêchements : et pour assurance de sa volonté, ELLE lui a fait expédier le présent BREVET qu'ELLE a signé de sa main et fait contresigner par moi Conseiller-Secrétaire d'État et de ses Commandements et Finances.

LOUIS.

AMELOT.

LES AVENTURES
DE TÉLÉMAQUE,
FILS D'ULYSSE.
PAR M. DE FÉNÉLON.
TOME PREMIER.

IMPRIMÉ PAR ORDRE DU ROI
POUR L'ÉDUCATION
DE MONSEIGNEUR LE DAUPHIN.

A PARIS,
DE L'IMPRIMERIE DE DIDOT L'AÎNÉ.
M. DCC. LXXXIII.

AU ROI.

SIRE,

EN m'ordonnant d'imprimer, pour l'éducation de MONSEIGNEUR LE DAUPHIN, les bons Auteurs Latins et François, et en me permettant de rendre publiques ces éditions, VOTRE MAJESTÉ fait connoître qu'Elle regarde les lumieres et l'instruction comme aussi utiles, aussi nécessaires, à ceux qui commandent qu'à ceux qui obéissent. Cette bienveillance particuliere dont vous daignez honorer la mémoire des grands Hommes qui ont illustré la France, en faisant paroître sous vos auspices les ouvrages qui les ont immortalisés, et en plaçant au Louvre leurs statues exécutées par les plus habiles Artistes, attestera aux siecles à venir l'intérêt que VOTRE MAJESTÉ a toujours pris aux progrès des Sciences et des Arts. Le monument que vous leur consacrez fait seul l'éloge des principes d'après lesquels vous gouvernez, et doit exciter dans tous vos Sujets le desir de fixer, par l'importance et l'utilité de leurs travaux, les regards et l'attention d'un Prince éclairé, qui sait apprécier avec justesse et récompenser dignement le mérite, les talents et le génie.

Je suis avec le plus profond respect,

SIRE,

DE VOTRE MAJESTÉ,

le très humble, très soumis
et très fidele sujet,
DIDOT L'AÎNÉ.

TÉLÉMAQUE.

LIVRE PREMIER.

SOMMAIRE

DU LIVRE PREMIER.

Télémaque, conduit par Minerve sous la figure de Mentor, aborde, après un naufrage, dans l'isle de la déesse Calypso, qui regrettoit encore le départ d'Ulysse. La déesse le reçoit favorablement, conçoit de la passion pour lui, lui offre l'immortalité, et lui demande ses aventures. Il lui raconte son voyage à Pylos et à Lacédémone, son naufrage sur la côte de Sicile, le péril où il fut d'être immolé aux mânes d'Anchise, le secours que Mentor et lui donnerent à Aceste dans une incursion de barbares, et le soin que ce roi eut de reconnoître ce service, en leur donnant un vaisseau tyrien pour retourner en leur pays.

LES AVENTURES DE TÉLÉMAQUE.

LIVRE PREMIER.

CALYPSO ne pouvoit se consoler du départ d'Ulysse. Dans sa douleur, elle se trouvoit malheureuse d'être immortelle. Sa grotte ne résonnoit plus de son chant : les nymphes qui la servoient n'osoient lui parler. Elle se promenoit souvent seule sur les gazons fleuris dont un printemps éternel bordoit son isle ; mais ces beaux lieux, loin de modérer sa douleur, ne faisoient que lui rappeller le triste souvenir d'Ulysse, qu'elle y avoit vu tant de fois auprès d'elle. Souvent elle demeuroit immobile sur le rivage de la mer, qu'elle arrosoit de ses larmes ; et elle étoit sans cesse tournée vers le côté où le vaisseau d'Ulysse, fendant les ondes, avoit disparu à ses yeux.

Tout-à-coup elle apperçut les débris d'un navire qui venoit de faire naufrage, des bancs de rameurs mis en pieces, des rames écartées çà et là sur le sable, un gouvernail, un mât, des cordages flottant sur la côte : puis elle découvre de loin deux hommes, dont l'un paroissoit âgé ; l'autre, quoique jeune, ressembloit à Ulysse. Il avoit sa douceur et sa fierté, avec sa taille et sa démarche majestueuse. La déesse comprit que c'étoit Télémaque, fils de ce héros : mais, quoique les dieux surpassent de loin en connoissance tous les hommes, elle ne put découvrir qui étoit cet homme vénérable dont Télémaque étoit accompagné. C'est que les dieux supérieurs cachent aux inférieurs tout ce qu'il leur plaît ; et Minerve, qui accompagnoit Télémaque sous la figure de Mentor, ne vouloit pas être connue de Calypso.

Cependant Calypso se réjouissoit d'un naufrage qui mettoit dans son isle le fils d'Ulysse, si semblable à son pere. Elle s'avance vers lui; et sans faire semblant de savoir qui il est : D'où vous vient, lui dit-elle, cette témérité d'aborder en mon isle? Sachez, jeune étranger, qu'on ne vient point impunément dans mon empire. Elle tâchoit de couvrir sous ces paroles menaçantes la joie de son cœur, qui éclatoit malgré elle sur son visage.

Télémaque lui répondit : Ô vous, qui que vous soyez, mortelle ou déesse, quoiqu'à vous voir on ne puisse vous prendre que pour une divinité, seriez-vous insensible au malheur d'un fils qui, cherchant son pere à la merci des vents et des flots, a vu briser son navire contre vos rochers? Quel est donc votre pere que vous cherchez? reprit la déesse. Il se nomme Ulysse, dit Télémaque : c'est un des rois qui ont, après un siege de dix ans, renversé la fameuse Troie. Son nom fut célebre dans toute la Grece et dans toute l'Asie, par sa valeur dans les combats, et plus encore par sa sagesse dans les conseils. Maintenant, errant dans toute l'étendue des mers, il parcourt tous les écueils les plus terribles : sa patrie semble fuir devant lui. Pénélope sa femme, et moi, qui suis son fils, nous avons perdu l'espérance de le revoir. Je cours, avec les mêmes dangers que lui, pour apprendre où il est. Mais que dis-je? peut-être qu'il est maintenant enseveli dans les profonds abîmes de la mer. Ayez pitié de nos malheurs; et si vous savez, ô déesse, ce que les destinées ont fait pour sauver ou pour perdre Ulysse, daignez en instruire son fils Télémaque.

Calypso, étonnée et attendrie de voir dans une si vive jeunesse tant de sagesse et d'éloquence, ne pouvoit rassasier ses yeux en le regardant; et elle demeuroit en silence. Enfin elle lui dit : Télémaque, nous vous apprendrons ce qui est arrivé à votre pere. Mais l'histoire en est longue; il est temps de vous délasser de tous vos travaux : venez dans ma demeure, où je vous recevrai comme mon fils : venez, vous serez ma consolation dans cette solitude; et je ferai votre bonheur, pourvu que vous sachiez en jouir.

Télémaque suivoit la déesse environnée d'une foule de jeunes nymphes au-dessus desquelles elle s'élevoit de toute la tête, comme un grand chêne dans une forêt éleve ses branches épaisses au-dessus de tous les arbres qui l'environnent. Il admiroit l'éclat de sa beauté, la riche pourpre de sa robe longue et flottante, ses cheveux noués par derriere négligemment mais avec grace, le feu qui sortoit de ses yeux, et la douceur qui tempéroit cette vivacité. Mentor, les yeux baissés, gardant un silence modeste, suivoit Télémaque.

On arrive à la porte de la grotte de Calypso, où Télémaque fut surpris de voir, avec une apparence de simplicité rustique, tout ce qui peut charmer les yeux. On n'y voyoit ni or, ni argent, ni marbre, ni colonnes, ni tableaux, ni statues : cette grotte étoit taillée dans le roc, en voûtes pleines de rocailles et de coquilles; elle étoit tapissée d'une jeune vigne, qui étendoit ses branches souples également de tous côtés. Les doux zéphyrs conservoient en ce lieu, malgré les ardeurs du soleil, une délicieuse fraîcheur : des fontaines, coulant avec un doux murmure sur des prés semés d'amarantes et de violettes, formoient en divers lieux des bains aussi purs et aussi clairs que le crystal : mille fleurs naissantes émailloient les tapis verds dont la grotte étoit environnée. Là, on trouvoit un bois de ces arbres touffus qui portent des pommes d'or, et dont la fleur, qui se renouvelle dans toutes les saisons, répand le plus doux de tous les parfums ; ce bois sembloit couronner ces belles prairies, et formoit une nuit que les rayons du soleil ne pouvoient percer : là, on n'entendoit jamais que le chant des oiseaux, ou le bruit d'un ruisseau qui, se précipitant du haut d'un rocher, tomboit à gros bouillons pleins d'écume, et s'enfuyoit au travers de la prairie.

La grotte de la déesse étoit sur le penchant d'une colline : de là on découvroit la mer, quelquefois claire et unie comme une glace, quelquefois follement irritée contre les rochers, où elle se brisoit en gémissant et élevant ses vagues comme des montagnes : d'un autre côté on voyoit une riviere où se formoient des isles bordées de tilleuls fleuris et de hauts peupliers qui portoient leurs têtes superbes jusques dans les nues. Les divers canaux qui formoient ces isles sembloient se jouer dans la campagne : les uns rouloient leurs eaux claires avec rapidité ; d'autres avoient une eau paisible et dormante ; d'autres, par de longs détours, revenoient sur leurs pas, comme pour remonter vers leur source, et sembloient ne pouvoir quitter ces bords enchantés. On appercevoit de loin des collines et des montagnes qui se perdoient dans les nues, et dont la figure bizarre formoit un horizon à souhait pour le plaisir des yeux. Les montagnes voisines étoient couvertes de pampre verd qui pendoit en festons : le raisin, plus éclatant que la pourpre, ne pouvoit se cacher sous les feuilles, et la vigne étoit accablée sous son fruit. Le figuier, l'olivier, le grenadier, et tous les autres arbres, couvroient la campagne, et en faisoient un grand jardin.

Calypso, ayant montré à Télémaque toutes ces beautés naturelles, lui dit : Reposez-vous ; vos habits sont mouillés, il est temps que vous en changiez : ensuite nous nous reverrons ; et je vous raconterai des histoires dont votre cœur sera touché. En même temps elle le fit entrer avec Mentor dans le lieu le plus secret et le plus reculé d'une grotte voisine de celle où la déesse demeuroit Les nymphes avoient eu soin d'allumer en ce lieu un grand feu de bois de cedre, dont la bonne odeur se répandoit de tous côtés; et elles y avoient laissé des habits pour les nouveaux hôtes.

Télémaque, voyant qu'on lui avoit destiné une tunique d'une laine fine dont la blancheur effaçoit celle de la neige, et une robe de pourpre avec une broderie d'or, prit le plaisir qui est naturel à un jeune homme, en considérant cette magnificence.

Mentor lui dit d'un ton grave : Sont-ce donc là, ô Télémaque, les pensées qui doivent occuper le cœur du fils d'Ulysse? Songez plutôt à soutenir la réputation de votre pere, et à vaincre la fortune qui vous persécute. Un jeune homme qui aime à se parer vainement comme une femme est indigne de la sagesse et de la gloire. La gloire n'est due qu'à un cœur qui sait souffrir la peine et fouler aux pieds les plaisirs.

Télémaque répondit, en soupirant : Que les dieux me fassent périr plutôt que de souffrir que la mollesse et la volupté s'emparent de mon cœur! Non, non, le fils d'Ulysse ne sera jamais vaincu par les charmes d'une vie lâche et efféminée. Mais quelle faveur du ciel nous a fait trouver, après notre naufrage, cette déesse ou cette mortelle qui nous comble de biens?

Craignez, repartit Mentor, qu'elle ne vous accable de maux; craignez ses trompeuses douceurs plus que les écueils qui ont brisé votre navire : le naufrage et la mort sont moins funestes que les plaisirs qui attaquent la vertu. Gardez-vous bien de croire ce qu'elle vous racontera. La jeunesse est présomptueuse, elle se promet tout d'elle-même : quoique fragile, elle croit pouvoir tout, et n'avoir jamais rien à craindre; elle se confie légèrement et sans précaution. Gardez-vous d'écouter les paroles douces et flatteuses de Calypso, qui se glisseront comme un serpent sous les fleurs; craignez ce poison caché : défiez-vous de vous-même;

et attendez toujours mes conseils.

Ensuite ils retournerent auprès de Calypso, qui les attendoit. Les nymphes, avec leurs cheveux tressés et des habits blancs, servirent d'abord un repas simple, mais exquis pour le goût et pour la propreté. On n'y voyoit aucune autre viande que celle des oiseaux qu'elles avoient pris dans les filets, ou des bêtes qu'elles avoient percées de leurs fleches à la chasse : un vin plus doux que le nectar couloit des grands vases d'argent dans des tasses d'or couronnées de fleurs. On apporta dans des corbeilles tous les fruits que le printemps promet et que l'automne répand sur la terre. En même temps quatre jeunes nymphes se mirent à chanter. D'abord elles chanterent le combat des dieux contre les géants, puis les amours de Jupiter et de Sémélé, la naissance de Bacchus et son éducation conduite par le vieux Silene, la course d'Atalante et d'Hippomene qui fut vainqueur par le moyen des pommes d'or venues du jardin des Hespérides : enfin, la guerre de Troie fut aussi chantée ; les combats d'Ulysse et sa sagesse furent élevés jusqu'aux cieux. La premiere des nymphes, qui s'appelloit Leucothoé, joignit les accords de sa lyre aux douces voix de toutes les autres.

Quand Télémaque entendit le nom de son pere, les larmes qui coulerent le long de ses joues donnerent un nouveau lustre à sa beauté. Mais comme Calypso apperçut qu'il ne pouvoit manger, et qu'il étoit saisi de douleur, elle fit signe aux nymphes. A l'instant on chanta le combat des Centaures avec les Lapithes, et la descente d'Orphée aux enfers pour en retirer Eurydice.

Quand le repas fut fini, la déesse prit Télémaque, et lui parla ainsi : Vous voyez, fils du grand Ulysse, avec quelle faveur je vous reçois. Je suis immortelle : nul mortel ne peut entrer dans cette isle sans être puni de sa témérité ; et votre naufrage même ne vous garantiroit pas de mon indignation, si d'ailleurs je ne vous aimois. Votre pere a eu le même bonheur que vous : mais, hélas ! il n'a pas su en profiter. Je l'ai gardé long-temps dans cette isle : il n'a tenu qu'à lui d'y vivre avec moi dans un état immortel ; mais l'aveugle passion de retourner dans sa misérable patrie lui fit rejetter tous ces avantages. Vous voyez ce qu'il a perdu pour Ithaque qu'il n'a pu revoir. Il voulut me quitter, il partit ; et je fus vengée par la tempête : son vaisseau, après avoir été long-temps le jouet des vents, fut enseveli dans les ondes. Profitez d'un si triste exemple. Après son naufrage, vous n'avez plus rien à espérer, ni pour le revoir, ni pour régner jamais dans l'isle d'Ithaque après lui : consolez-vous de l'avoir perdu, puisque vous trouvez ici une divinité prête à vous rendre heureux, et un royaume qu'elle vous offre.

La déesse ajouta à ces paroles de longs discours pour montrer combien Ulysse avoit été heureux auprès d'elle : elle raconta ses aventures dans la caverne du Cyclope Polypheme, et chez Antiphates, roi des Lestrigons : elle n'oublia pas ce qui lui étoit arrivé dans l'isle de Circé, fille du Soleil, ni les dangers qu'il avoit courus entre Scylla et Charybde. Elle représenta la derniere tempête que Neptune avoit excitée contre lui quand il partit d'auprès d'elle. Elle voulut faire entendre qu'il étoit péri dans ce naufrage, et elle supprima son arrivée dans l'isle des Phéaciens,

Télémaque, qui s'étoit d'abord abandonné trop promptement à la joie d'être si bien traité de Calypso, reconnut enfin son artifice et la sagesse des conseils que Mentor venoit de lui donner. Il répondit en peu de mots : Ô déesse, pardonnez à ma douleur ; maintenant je ne puis que m'affliger ; peut-être que dans la suite j'aurai plus de force pour goûter la fortune que vous m'offrez : laissez-moi en ce moment pleurer mon pere ; vous savez mieux que moi combien il mérite d'être pleuré.

Calypso n'osa d'abord le presser davantage : elle feignit même d'entrer dans sa douleur, et de s'attendrir pour Ulysse. Mais pour mieux connoître les moyens de toucher le cœur du jeune homme, elle lui demanda comment il avoit fait naufrage, et par quelles aventures il étoit sur ses côtes. Le récit de mes malheurs, dit-il, seroit trop long.

Non, non, répondit-elle; il me tarde de les savoir, hâtez-vous de me les raconter. Elle le pressa long-temps. Enfin il ne put lui résister; et il parla ainsi:

J'étois parti d'Ithaque pour aller demander aux autres rois revenus du siege de Troie des nouvelles de mon pere. Les amants de ma mere Pénélope furent surpris de mon départ; j'avois pris soin de le leur cacher, connoissant leur perfidie. Nestor, que je vis à Pylos, ni Ménélas, qui me reçut avec amitié dans Lacédémone, ne purent m'apprendre si mon pere étoit encore en vie. Lassé de vivre toujours en suspens et dans l'incertitude, je me résolus d'aller dans la Sicile, où j'avois ouï dire que mon pere avoit été jetté par les vents. Mais le sage Mentor, que vous voyez ici présent, s'opposoit à ce téméraire dessein: il me représentoit d'un côté les Cyclopes, géants monstrueux qui dévorent les hommes; de l'autre la flotte d'Énée et des Troyens, qui étoit sur ces côtes. Ces Troyens, disoit-il, sont animés contre tous les Grecs; mais sur-tout ils répandroient avec plaisir le sang du fils d'Ulysse. Retournez, continuoit-il, en Ithaque: peut-être que votre pere, aimé des dieux, y sera aussitôt que vous. Mais si les dieux ont résolu sa perte, s'il ne doit jamais revoir sa patrie, du moins il faut que vous alliez le venger, délivrer votre mere, montrer votre sagesse à tous les peuples, et faire voir en vous à toute la Grece un roi aussi digne de régner que le fut jamais Ulysse lui-même.

Ces paroles étoient salutaires: mais je n'étois pas assez prudent pour les écouter; je n'écoutai que ma passion. Le sage Mentor m'aima jusqu'à me suivre dans un voyage téméraire que j'entreprenois contre ses conseils; et les dieux permirent que je fisse une faute qui devoit servir à me corriger de ma présomption.

Pendant que Télémaque parloit, Calypso regardoit Mentor. Elle étoit étonnée : elle croyoit sentir en lui quelque chose de divin; mais elle ne pouvoit démêler ses pensées confuses : ainsi elle demeuroit pleine de crainte et de défiance à la vue de cet inconnu. Alors elle appréhenda de laisser voir son trouble. Continuez, dit-elle à Télémaque, et satisfaites ma curiosité. Télémaque reprit ainsi :

Nous eûmes assez long-temps un vent favorable pour aller en Sicile; mais ensuite une noire tempête déroba le ciel à nos yeux, et nous fûmes enveloppés dans une profonde nuit. A la lueur des éclairs, nous apperçûmes d'autres vaisseaux exposés au même péril ; et nous reconnûmes bientôt que c'étoient les vaisseaux d'Énée : ils n'étoient pas moins à craindre pour nous que les rochers. Je compris alors, mais trop tard, ce que l'ardeur d'une jeunesse imprudente m'avoit empêché de considérer attentivement. Mentor parut, dans ce danger, non seulement ferme et intrépide, mais plus gai qu'à l'ordinaire : c'étoit lui qui m'encourageoit ; je sentois qu'il m'inspiroit une force invincible. Il donnoit tranquillement tous les ordres, pendant que le pilote étoit troublé. Je lui disois : Mon cher Mentor, pourquoi ai-je refusé de suivre vos conseils ! ne suis-je pas malheureux d'avoir voulu me croire moi-même, dans un âge où l'on n'a ni prévoyance de l'avenir, ni expérience du passé, ni modération pour ménager le présent ! Oh ! si jamais nous échappons de cette tempête, je me défierai de moi-même comme de mon plus dangereux ennemi : c'est vous, Mentor, que je croirai toujours.

Mentor, en souriant, me répondit : Je n'ai garde de vous reprocher la faute que vous avez faite ; il suffit que vous la sentiez, et qu'elle vous serve à être une autre fois plus modéré dans vos desirs. Mais, quand le péril sera passé, la présomption reviendra peut-être. Maintenant il faut se soutenir par le courage. Avant que de se jetter dans le péril, il faut le prévoir et le craindre : mais quand on y est, il ne reste plus qu'à le mépriser. Soyez donc le digne fils d'Ulysse ; montrez un cœur plus grand que tous les maux qui vous menacent.

La douceur et le courage du sage Mentor me charmerent : mais je fus encore bien plus surpris quand je vis avec quelle adresse il nous délivra des

Troyens. Dans le moment où le ciel commençoit à s'éclaircir, et où les Troyens, nous voyant de près, n'auroient pas manqué de nous reconnoître, il remarqua un de leurs vaisseaux qui étoit presque semblable au nôtre, et que la tempête avoit écarté. La pouppe en étoit couronnée de certaines fleurs : il se hâta de mettre sur notre pouppe des couronnes de fleurs semblables ; il les attacha lui-même avec des bandelettes de la même couleur que celles des Troyens. Il ordonna à nos rameurs de se baisser le plus qu'ils pourroient le long de leurs bancs, pour n'être point reconnus des ennemis. En cet état, nous passâmes au milieu de leur flotte : ils pousserent des cris de joie en nous voyant, comme en revoyant les compagnons qu'ils avoient crus perdus. Nous fûmes même contraints par la violence de la mer d'aller assez long-temps avec eux : enfin nous demeurâmes un peu derriere ; et, pendant que les vents impétueux les poussoient vers l'Afrique, nous fîmes les derniers efforts pour aborder à force de rames sur la côte voisine de Sicile.

Nous y arrivâmes en effet. Mais ce que nous cherchions n'étoit guere moins funeste que la flotte qui nous faisoit fuir : nous trouvâmes sur cette côte de Sicile d'autres Troyens ennemis des Grecs. C'étoit là que régnoit le vieux Aceste sorti de Troie. A peine fûmes-nous arrivés sur ce rivage, que les habitants crurent que nous étions, ou d'autres peuples de l'isle armés pour les surprendre, ou des étrangers qui venoient s'emparer de leurs terres. Ils brûlent notre vaisseau, dans le premier emportement ; ils égorgent tous nos compagnons ; ils ne réservent que Mentor et moi pour nous présenter à Aceste, afin qu'il pût savoir de nous quels étoient nos desseins, et d'où nous venions. Nous entrons dans la ville les mains liées derriere le dos; et notre mort n'étoit retardée que pour nous faire servir de spectacle à un peuple cruel, quand on sauroit que nous étions Grecs.

On nous présenta d'abord à Aceste, qui, tenant son sceptre d'or en main, jugeoit les peuples, et se préparoit à un grand sacrifice. Il nous demanda, d'un ton sévere, quel étoit notre pays et le sujet de notre voyage. Mentor se hâta de répondre, et lui dit: Nous venons des côtes de la grande Hespérie, et notre patrie n'est pas loin de là. Ainsi il évita de dire que nous étions Grecs. Mais Aceste, sans l'écouter davantage, et nous prenant pour des étrangers qui cachoient leur dessein, ordonna qu'on nous envoyât dans une forêt voisine, où nous servirions en esclaves sous ceux qui gouvernoient ses troupeaux.

Cette condition me parut plus dure que la mort. Je m'écriai : Ô roi ! faites-nous mourir plutôt que de nous traiter si indignement ; sachez que je suis Télémaque, fils du sage Ulysse, roi des Ithaciens. Je cherche mon pere dans toutes les mers : si je ne puis ni le trouver, ni retourner dans ma patrie, ni éviter la servitude, ôtez-moi la vie, que je ne saurois supporter.

A peine eus-je prononcé ces mots, que tout le peuple ému s'écria qu'il falloit faire périr le fils de ce cruel Ulysse dont les artifices avoient renversé la ville de Troie. Ô fils d'Ulysse ! me dit Aceste, je ne puis refuser votre sang aux mânes de tant de Troyens que votre pere a précipités sur les rivages du noir Cocyte ; vous, et celui qui vous mene, vous périrez.

En même temps un vieillard de la troupe proposa au roi de nous immoler sur le tombeau d'Anchise : Leur sang, disoit-il, sera agréable à l'ombre de ce héros ; Énée même, quand il saura un tel sacrifice, sera touché de voir combien vous aimez ce qu'il avoit de plus cher au monde.

Tout le peuple applaudit à cette proposition ; et on ne songea plus qu'à nous immoler. Déja on nous menoit sur le tombeau d'Anchise. On y avoit dressé deux autels, où le feu sacré étoit allumé ; le glaive qui devoit nous percer étoit devant nos yeux ; on nous avoit couronnés de fleurs, et nulle compassion ne pouvoit garantir notre vie ; c'étoit fait de nous : quand Mentor demanda tranquillement à parler au roi. Il lui dit :

Ô Aceste ! si le malheur du jeune Télémaque, qui n'a jamais porté les armes contre les Troyens, ne peut vous toucher, du moins que votre propre intérêt vous touche. La science que j'ai acquise des présages et de la volonté des dieux me fait connoître qu'avant que trois jours soient écoulés vous serez attaqué par des peuples barbares, qui viennent comme un torrent du haut des montagnes pour inonder votre ville et pour ravager tout votre pays. Hâtez-vous de les prévenir; mettez vos peuples sous les armes; et ne perdez pas un moment pour retirer au-dedans de vos murailles les riches troupeaux que vous avez dans la campagne. Si ma prédiction est fausse, vous serez libre de nous immoler dans trois jours : si au contraire elle est véritable, souvenez-vous qu'on ne doit pas ôter la vie à ceux de qui on la tient.

Aceste fut étonné de ces paroles que Mentor lui disoit avec une assurance qu'il n'avoit jamais trouvée en aucun homme. Je vois bien, répondit-il, ô étranger, que les dieux, qui vous ont si mal partagé pour tous les dons de la fortune, vous ont accordé une sagesse qui est plus estimable que toutes les prospérités. En même temps il retarda le sacrifice, et donna avec diligence les ordres nécessaires pour prévenir l'attaque dont Mentor l'avoit menacé. On ne voyoit de tous côtés que des femmes tremblantes, des vieillards courbés, de petits enfants les larmes aux yeux, qui se retiroient dans la ville. Les bœufs mugissants, et les brebis bêlantes, venoient en foule, quittant les gras pâturages, et ne pouvant trouver assez d'étables pour être mis à couvert. C'étoient de toutes parts des bruits confus de gens qui se poussoient les uns les autres, qui ne pouvoient s'entendre, qui prenoient dans ce trouble un inconnu pour leur ami, et qui couroient, sans savoir où tendoient leurs pas. Mais les principaux de la ville, se croyant plus sages que les autres, s'imaginoient que Mentor étoit un imposteur qui avoit fait une fausse prédiction pour sauver sa vie.

Avant la fin du troisieme jour, pendant qu'ils étoient pleins de ces pensées, on vit sur le penchant des montagnes voisines un tourbillon de poussiere; puis on apperçut une troupe innombrable de barbares armés : c'étoient les Hymériens, peuple féroce, avec les nations qui habitent sur les monts Nébrodes, et sur le sommet d'Acragas, où regne un hiver que les zéphyrs n'ont jamais adouci. Ceux qui avoient méprisé la prédiction de Mentor perdirent leurs esclaves et leurs troupeaux. Le roi dit à Mentor : J'oublie que vous êtes des Grecs; nos ennemis deviennent nos amis fideles. Les dieux vous ont envoyés pour nous sauver : je n'attends pas moins de votre valeur que de la sagesse de vos conseils ; hâtez-vous de nous secourir.

Mentor montre dans ses yeux une audace qui étonne les plus fiers combattants. Il prend un bouclier, un casque, une épée, une lance ; il range les soldats d'Aceste, marche à leur tête, et s'avance en bon ordre vers les ennemis. Aceste, quoique plein de courage, ne peut dans sa vieillesse le suivre que de loin. Je le suis de plus près, mais je ne puis égaler sa valeur. Sa cuirasse ressembloit, dans le combat, à l'immortelle égide : la mort couroit de rang en rang par-tout sous ses coups. Semblable à un lion de Numidie que la cruelle faim dévore, et qui entre dans un troupeau de foibles brebis, il déchire, il égorge, il nage dans le sang ;

et les bergers, loin de secourir le troupeau, fuient, tremblants, pour se dérober à sa fureur.

Ces barbares, qui espéroient de surprendre la ville, furent eux-mêmes surpris et déconcertés. Les sujets d'Aceste, animés par l'exemple et par les ordres de Mentor, eurent une vigueur dont ils ne se croyoient point capables. De ma lance je renversai le fils du roi de ce peuple ennemi. Il étoit de mon âge, mais il étoit plus grand que moi; car ce peuple venoit d'une race de géants qui étoient de la même origine que les Cyclopes. Il méprisoit un ennemi aussi foible que moi. Mais, sans m'étonner de sa force prodigieuse ni de son air sauvage et brutal, je poussai ma lance contre sa poitrine, et je lui fis vomir, en expirant, des torrents d'un sang noir. Il pensa m'écraser dans sa chûte; le bruit de ses armes retentit jusqu'aux montagnes. Je pris ses dépouilles, et je revins trouver Aceste. Mentor, ayant achevé de mettre les ennemis en désordre, les tailla en pieces, et poussa les fuyards jusques dans les forêts.

Un succès si inespéré fit regarder Mentor comme un homme chéri et inspiré des dieux. Aceste, touché de reconnoissance, nous avertit qu'il craignoit tout pour nous, si les vaisseaux d'Énée revenoient en Sicile : il nous en donna un pour retourner sans retardement en notre pays, nous combla de présents, et nous pressa de partir, pour prévenir tous les malheurs qu'il prévoyoit; mais il ne voulut nous donner ni un pilote ni des rameurs de sa nation, de peur qu'ils ne fussent trop exposés sur les côtes de la Grece. Il nous donna des marchands phéniciens, qui, étant en commerce avec tous les peuples du monde, n'avoient rien à craindre, et qui devoient ramener le vaisseau à Aceste quand ils nous auroient laissés en Ithaque.

Mais les dieux, qui se jouent des desseins des hommes, nous réservoient à d'autres dangers.

FIN DU LIVRE PREMIER.

SOMMAIRE

DU LIVRE SECOND.

Télémaque raconte qu'il fut pris dans le vaisseau tyrien par la flotte de Sésostris, et emmene captif en Égypte. Il dépeint la beauté de ce pays et la sagesse du gouvernement de son roi. Il ajoute que Mentor fut envoyé esclave en Éthiopie; que lui-même, Télémaque, fut réduit à conduire un troupeau dans le désert d'Oasis; que Termosiris, prêtre d'Apollon, le consola, en lui apprenant à imiter Apollon, qui avoit été autrefois berger chez le roi Admete; que Sésostris avoit enfin appris tout ce qu'il faisoit de merveilleux parmi les bergers; qu'il l'avoit rappellé, étant persuadé de son innocence, et lui avoit promis de le renvoyer à Ithaque; mais que la mort de ce roi l'avoit replongé dans de nouveaux malheurs; qu'on le mit en prison dans une tour sur le bord de la mer, d'où il vit le nouveau roi Bocchoris qui périt dans un combat contre ses sujets révoltés et secourus par les Tyriens.

LIVRE SECOND.

Les Tyriens, par leur fierté, avoient irrité contre eux le grand roi Sésostris, qui régnoit en Égypte, et qui avoit conquis tant de royaumes. Les richesses qu'ils ont acquises par le commerce, et la force de l'imprenable ville de Tyr, située dans la mer, avoient enflé le cœur de ces peuples : ils avoient refusé de payer à Sésostris le tribut qu'il leur avoit imposé en revenant de ses conquêtes ; et ils avoient fourni des troupes à son frere, qui avoit voulu le massacrer à son retour au milieu des réjouissances d'un grand festin.

Sésostris avoit résolu, pour abattre leur orgueil, de troubler leur commerce dans toutes les mers. Ses vaisseaux alloient de tous côtés cherchant les Phéniciens. Une flotte égyptienne nous rencontra, comme nous commencions à perdre de vue les montagnes de la Sicile : le port et la terre sembloient fuir derriere nous et se perdre dans les nues. En même temps nous voyons approcher les navires des Égyptiens, semblables à une ville flottante. Les Phéniciens les reconnurent, et voulurent s'en éloigner : mais il n'étoit plus temps ; leurs voiles étoient meilleures que les nôtres ; le vent les favorisoit ; leurs rameurs étoient en plus grand nombre : ils nous abordent, nous prennent, et nous emmenent prisonniers en Égypte.

En vain je leur représentai que nous n'étions pas Phéniciens ; à peine daignerent-ils m'écouter : ils nous regarderent comme des esclaves dont les Phéniciens trafiquoient ; et ils ne songerent qu'au profit d'une telle prise. Déja nous remarquons les eaux de la mer qui blanchissent par le mélange de celles du Nil, et nous voyons la côte d'Égypte presque aussi basse que la mer. Ensuite nous arrivons à l'isle de Pharos, voisine de la ville de No. De là nous remontons le Nil jusqu'à Memphis.

Si la douleur de notre captivité ne nous eût rendus insensibles à tous les plaisirs, nos yeux auroient été charmés de voir cette fertile terre d'Égypte, semblable à un jardin délicieux arrosé d'un nombre infini de canaux. Nous ne pouvions jetter les yeux sur les deux rivages sans appercevoir des villes opulentes, des maisons de campagne agréablement situées, des terres qui se couvroient tous les ans d'une moisson dorée sans se reposer jamais, des prairies pleines de troupeaux, des laboureurs qui étoient accablés sous le poids des fruits que la terre épanchoit de son sein, des bergers qui faisoient répéter les doux sons de leurs flûtes et de leurs chalumeaux à tous les échos d'alentour.

Heureux, disoit Mentor, le peuple qui est conduit par un sage roi! il est dans l'abondance, il vit heureux, et aime celui à qui il doit tout son bonheur. C'est ainsi, ajoutoit-il, ô Télémaque, que vous devez régner, et faire la joie de vos peuples, si jamais les dieux vous font posséder le royaume de votre pere. Aimez vos peuples comme vos enfants, goûtez le plaisir d'être aimé d'eux, et faites qu'ils ne puissent jamais sentir la paix et la joie sans se ressouvenir que c'est un bon roi qui leur a fait ces riches présents. Les rois qui ne songent qu'à se faire craindre, et qu'à abattre leurs sujets pour les rendre plus soumis, sont les fléaux du genre humain : ils sont craints comme ils le veulent être; mais ils sont haïs, détestés; et ils ont encore plus à craindre de leurs sujets, que leurs sujets n'ont à craindre d'eux.

Je répondois à Mentor : Hélas ! il n'est pas question de songer aux maximes suivant lesquelles on doit régner ; il n'y a plus d'Ithaque pour nous ; nous ne reverrons jamais ni notre patrie ni Pénélope : et quand même Ulysse retourneroit plein de gloire dans son royaume, il n'aura jamais la joie de m'y voir ; jamais je n'aurai celle de lui obéir pour apprendre à commander. Mourons, mon cher Mentor, nulle autre pensée ne nous est plus permise ; mourons, puisque les dieux n'ont aucune pitié de nous.

En parlant ainsi, de profonds soupirs entrecoupoient toutes mes paroles. Mais Mentor, qui craignoit les maux avant qu'ils arrivassent, ne savoit plus ce que c'étoit que de les craindre dès qu'ils étoient arrivés. Indigne fils du sage Ulysse ! s'écrioit-il, quoi donc ! vous vous laissez vaincre à votre malheur ! Sachez que vous reverrez un jour l'isle d'Ithaque et Pénélope. Vous verrez même dans sa premiere gloire celui que vous n'avez point connu, l'invincible Ulysse, que la fortune ne peut abattre, et qui, dans ses malheurs encore plus grands que les vôtres, vous apprend à ne vous décourager jamais. Oh! s'il pouvoit apprendre, dans les terres éloignées où la tempête l'a jetté, que son fils ne sait imiter ni sa patience ni son courage, cette nouvelle l'accableroit de honte, et lui seroit plus rude que tous les malheurs qu'il souffre depuis si long-temps.

Ensuite Mentor me faisoit remarquer la joie et l'abondance répandues dans toute la campagne d'Égypte, où l'on comptoit jusqu'à vingt-deux mille villes. Il admiroit la bonne police de ces villes; la justice exercée en faveur du pauvre contre le riche; la bonne éducation des enfants, qu'on accoutumoit à l'obéissance, au travail, à la sobriété, à l'amour des arts ou des lettres ; l'exactitude pour toutes les cérémonies de la religion ; le désintéressement, le desir de l'honneur, la fidélité pour les hommes, et la crainte pour les dieux, que chaque pere inspiroit à ses enfants. Il ne se lassoit point d'admirer ce bel ordre. Heureux, me disoit-il sans cesse, le peuple qu'un sage roi conduit ainsi ! mais encore plus heureux le roi qui fait le bonheur de tant de peuples, et qui trouve le sien dans sa vertu ! Il tient les hommes par un lien cent fois plus fort que celui de la crainte ; c'est celui de l'amour. Non seulement on lui obéit, mais encore on aime à lui obéir. Il regne dans tous les cœurs ; chacun, bien loin de vouloir s'en défaire, craint de le perdre, et donneroit sa vie pour lui.

Je remarquois ce que disoit Mentor, et je sentois renaître mon courage au fond de mon cœur à mesure que ce sage ami me parloit.

Aussitôt que nous fûmes arrivés à Memphis, ville opulente et magnifique, le gouverneur ordonna que nous irions jusques à Thebes pour être présentés au roi Sésostris, qui vouloit examiner les choses par lui-même, et qui étoit fort animé contre les Tyriens. Nous remontâmes donc encore le long du Nil, jusqu'à cette fameuse Thebes à cent portes, où habitoit ce grand roi. Cette ville nous parut d'une étendue immense, et plus peuplée que les plus florissantes villes de la Grece. La police y est parfaite pour la propreté des rues, pour le cours des eaux, pour la commodité des bains, pour la culture des arts, et pour la sûreté publique. Les places sont ornées de fontaines et d'obélisques; les temples sont de marbre, et d'une architecture simple mais majestueuse. Le palais du prince est lui seul comme une grande ville; on n'y voit que colonnes de marbre, que pyramides et obélisques, que statues colossales, que meubles d'or et d'argent massif.

Ceux qui nous avoient pris dirent au roi que nous avions été trouvés dans un navire phénicien. Il écoutoit chaque jour à certaines heures réglées tous ceux de ses sujets qui avoient ou des plaintes à lui faire ou des avis à lui donner : il ne méprisoit ni ne rebutoit personne, et ne croyoit être roi que pour faire du bien à tous ses sujets, qu'il aimoit comme ses enfants. Pour les étrangers, il les recevoit avec bonté, et vouloit les voir, parcequ'il croyoit qu'on apprenoit toujours quelque chose d'utile en s'instruisant des mœurs et des maximes des peuples éloignés.

Cette curiosité du roi fit qu'on nous présenta à lui. Il étoit sur un trône d'ivoire, tenant en main un sceptre d'or. Il étoit déja vieux, mais agréable, plein de douceur et de majesté : il jugeoit tous les jours les peuples, avec une patience et une sagesse qu'on admiroit sans flatterie. Après avoir travaillé toute la journée à régler les affaires et à rendre une exacte justice, il se délassoit le soir à écouter des hommes savants, ou à converser avec les plus honnêtes gens, qu'il savoit bien choisir pour les admettre dans sa familiarité. On ne pouvoit lui reprocher en toute sa vie que d'avoir triomphé avec trop de faste des rois qu'il avoit vaincus, et de s'être confié à un de ses sujets que je vous dépeindrai tout-à-l'heure. Quand il me vit, il fut touché de ma jeunesse; il me demanda ma patrie et mon nom. Nous fûmes étonnés de la sagesse qui parloit par sa bouche.

Je lui répondis : Ô grand roi! vous n'ignorez pas le siege de Troie qui a duré dix ans, et sa ruine qui a coûté tant de sang à toute la Grece. Ulysse mon pere a été un des principaux rois qui ont ruiné cette ville : il erre sur toutes les mers, sans pouvoir retrouver l'isle d'Ithaque qui est son royaume. Je le cherche ; et un malheur semblable au sien fait que j'ai été pris. Rendez-moi à mon pere et à ma patrie : ainsi puissent les dieux vous conserver à vos enfants, et leur faire sentir la joie de vivre sous un si bon pere !

Sésostris continuoit à me regarder d'un œil de compassion : mais voulant savoir si ce que je disois étoit vrai, il nous renvoya à un de ses officiers, qui fut chargé de s'informer, de ceux qui avoient pris notre vaisseau, si nous étions effectivement ou Grecs ou Phéniciens. S'ils sont Phéniciens, dit le roi, il faut doublement les punir, pour être nos ennemis, et plus encore pour avoir voulu nous tromper par un lâche mensonge. Si au contraire ils sont Grecs, je veux qu'on les traite favorablement, et qu'on les renvoie dans leur pays sur un de mes vaisseaux; car j'aime la Grece : plusieurs Égyptiens y ont donné des loix; je connois la vertu d'Hercule; la gloire d'Achille est parvenue jusqu'à nous; et j'admire ce qu'on m'a raconté de la sagesse du malheureux Ulysse : mon plaisir est de secourir la vertu malheureuse.

L'officier auquel le roi renvoya l'examen de notre affaire avoit l'ame aussi corrompue et aussi artificieuse, que Sésostris étoit sincere et généreux. Cet officier se nommoit Métophis : il nous interrogea, pour tâcher de nous surprendre; et comme il vit que Mentor répondoit avec plus de sagesse que moi, il le regarda avec aversion et avec défiance : car les méchants s'irritent contre les bons. Il nous sépara; et depuis ce moment je ne sus point ce qu'étoit devenu Mentor.

Cette séparation fut un coup de foudre pour moi. Métophis espéroit toujours qu'en nous questionnant séparément il pourroit nous faire dire des choses contraires ; sur-tout il croyoit m'éblouir par ses promesses flatteuses, et me faire avouer ce que Mentor lui auroit caché. Enfin il ne cherchoit pas de bonne foi la vérité : mais il vouloit trouver quelque prétexte de dire au roi que nous étions des Phéniciens, pour nous faire ses esclaves. En effet, malgré notre innocence, et malgré la sagesse du roi, il trouva le moyen de le tromper.

Hélas! à quoi les rois sont-ils exposés! les plus sages même sont souvent surpris. Des hommes artificieux et intéressés les environnent. Les bons se retirent, parcequ'ils ne sont ni empressés ni flatteurs ; les bons attendent qu'on les cherche, et les princes ne savent guere les aller chercher : au contraire les méchants sont hardis, trompeurs, empressés à s'insinuer et à plaire, adroits à dissimuler, prêts à tout faire contre l'honneur et la conscience pour contenter les passions de celui qui regne. Oh! qu'un roi est malheureux d'être exposé aux artifices des méchants! Il est perdu s'il ne repousse la flatterie, et s'il n'aime ceux qui disent hardiment la vérité. Voilà les réflexions que je faisois dans mon malheur; et je me rappellois tout ce que j'avois ouï dire à Mentor.

Cependant Métophis m'envoya vers les montagnes du désert d'Oasis avec ses esclaves, afin que je servisse avec eux à conduire ses grands troupeaux.

En cet endroit Calypso interrompit Télémaque, disant: Eh bien! que fîtes-vous alors, vous qui aviez préféré en Sicile la mort à la servitude?

Télémaque répondit: Mon malheur croissoit toujours; je n'avois plus la misérable consolation de choisir entre la servitude et la mort: il fallut être esclave, et épuiser pour ainsi dire toutes les rigueurs de la fortune; il ne me restoit plus aucune espérance, et je ne pouvois pas même dire un mot pour travailler à me délivrer. Mentor m'a dit depuis qu'on l'avoit vendu à des Éthiopiens, et qu'il les avoit suivis en Éthiopie.

Pour moi, j'arrivai dans des déserts affreux : on y voit des sables brûlants au milieu des plaines, des neiges qui ne fondent jamais et qui font un hiver perpétuel sur le sommet des montagnes ; et on trouve seulement, pour nourrir les troupeaux, des pâturages parmi les rochers, vers le milieu du penchant de ces montagnes escarpées. Les vallées y sont si profondes, qu'à peine le soleil y peut faire luire ses rayons.

Je ne trouvai d'autres hommes dans ce pays que des bergers aussi sauvages que le pays même. Là, je passois les nuits à déplorer mon malheur, et les jours à suivre un troupeau, pour éviter la fureur brutale d'un premier esclave, qui, espérant d'obtenir sa liberté, accusoit sans cesse les autres, pour faire valoir à son maître son zele et son attachement à ses intérêts. Cet esclave se nommoit Butis. Je devois succomber dans cette occasion : la douleur me pressant, j'oubliai un jour mon troupeau, et je m'étendis sur l'herbe auprès d'une caverne où j'attendois la mort, ne pouvant plus supporter mes peines.

En ce moment, je remarquai que toute la montagne trembloit; les chênes et les pins sembloient descendre de son sommet; les vents retenoient leurs haleines. Une voix mugissante sortit de la caverne, et me fit entendre ces paroles : Fils du sage Ulysse, il faut que tu deviennes, comme lui, grand par la patience : les princes qui ont toujours été heureux ne sont guere dignes de l'être; la mollesse les corrompt, l'orgueil les enivre. Que tu seras heureux, si tu surmontes tes malheurs, et si tu ne les oublies jamais! Tu reverras Ithaque; et ta gloire montera jusqu'aux astres. Quand tu seras le maître des autres hommes, souviens-toi que tu as été foible, pauvre et souffrant comme eux; prends plaisir à les soulager, aime ton peuple, déteste la flatterie; et sache que tu ne seras grand qu'autant que tu seras modéré et courageux pour vaincre tes passions.

Ces paroles divines entrerent jusqu'au fond de mon cœur; elles y firent renaître la joie et le courage. Je ne sentis point cette horreur qui fait dresser les cheveux sur la tête et qui glace le sang dans les veines quand les dieux se communiquent aux mortels; je me levai tranquille: j'adorai à genoux, les mains levées vers le ciel, Minerve, à qui je crus devoir cet oracle. En même temps je me trouvai un nouvel homme : la sagesse éclairoit mon esprit ; je sentois une douce force pour modérer toutes mes passions, et pour arrêter l'impétuosité de ma jeunesse. Je me fis aimer de tous les bergers du désert : ma douceur, ma patience, mon exactitude, appaiserent enfin le cruel Butis, qui étoit en autorité sur les autres esclaves, et qui avoit voulu d'abord me tourmenter.

Pour mieux supporter l'ennui de la captivité et de la solitude, je cherchai des livres ; car j'étois accablé de tristesse, faute de quelque instruction qui pût nourrir mon esprit et le soutenir. Heureux, disois-je, ceux qui se dégoûtent des plaisirs violents, et qui savent se contenter des douceurs d'une vie innocente ! Heureux ceux qui se divertissent en s'instruisant, et qui se plaisent à cultiver leur esprit par les sciences ! En quelque endroit que la fortune ennemie les jette, ils portent toujours avec eux de quoi s'entretenir; et l'ennui, qui dévore les autres hommes au milieu même des délices, est inconnu à ceux qui savent s'occuper par quelque lecture. Heureux ceux qui aiment à lire, et qui ne sont point, comme moi, privés de la lecture!

Pendant que ces pensées rouloient dans mon esprit, je m'enfonçai dans une sombre forêt, où j'apperçus tout-à-coup un vieillard qui tenoit un livre dans sa main. Ce vieillard avoit un grand front chauve et un peu ridé: une barbe blanche pendoit jusqu'à sa ceinture; sa taille étoit haute et majestueuse; son teint étoit encore frais et vermeil; ses yeux étoient vifs et perçants, sa voix douce, ses paroles simples et aimables. Jamais je n'ai vu un si vénérable vieillard. Il s'appelloit Termosiris. Il étoit prêtre d'Apollon, qu'il servoit dans un temple de marbre que les rois d'Égypte avoient consacré à ce dieu dans cette forêt. Le livre qu'il tenoit étoit un recueil d'hymnes en l'honneur des dieux.

Il m'aborde avec amitié : nous nous entretenons. Il racontoit si bien les choses passées, qu'on croyoit les voir ; mais il les racontoit courtement, et jamais ses histoires ne m'ont lassé. Il prévoyoit l'avenir par la profonde sagesse qui lui faisoit connoître les hommes et les desseins dont ils sont capables. Avec tant de prudence, il étoit gai, complaisant ; et la jeunesse la plus enjouée n'a point autant de grace qu'en avoit cet homme dans une vieillesse si avancée : aussi aimoit-il les jeunes gens lorsqu'ils étoient dociles et qu'ils avoient le goût de la vertu.

Bientôt il m'aima tendrement, et me donna des livres pour me consoler : il m'appelloit, mon fils. Je lui disois souvent : Mon pere, les dieux, qui m'ont ôté Mentor, ont eu pitié de moi; ils m'ont donné en vous un autre soutien. Cet homme, semblable à Orphée ou à Linus, étoit sans doute inspiré des dieux: il me récitoit les vers qu'il avoit faits, et me donnoit ceux de plusieurs excellents poëtes favorisés des muses. Lorsqu'il étoit revêtu de sa longue robe d'une éclatante blancheur, et qu'il prenoit en main sa lyre d'ivoire, les tigres, les ours, les lions, venoient le flatter et lécher ses pieds; les satyres sortoient des forêts pour danser autour de lui; les arbres même paroissoient émus, et vous auriez cru que les rochers attendris alloient descendre du haut des montagnes aux charmes de ses doux accents. Il ne chantoit que la grandeur des dieux, la vertu des héros, et la sagesse des hommes qui préferent la gloire aux plaisirs.

Il me disoit souvent que je devois prendre courage, et que les dieux n'abandonneroient ni Ulysse ni son fils. Enfin il m'assura que je devois, à l'exemple d'Apollon, enseigner aux bergers à cultiver les muses. Apollon, disoit-il, indigné de ce que Jupiter par ses foudres troubloit le ciel dans les plus beaux jours, voulut s'en venger sur les Cyclopes qui forgeoient les foudres, et les perça de ses fleches. Aussitôt le mont Etna cessa de vomir des tourbillons de flammes; on n'entendit plus les coups des terribles marteaux, qui, frappant l'enclume, faisoient gémir les profondes cavernes de la terre et les abîmes de la mer : le fer et l'airain, n'étant plus polis par les Cyclopes, commençoient à se rouiller. Vulcain, furieux, sort de sa fournaise : quoique boiteux, il monte en diligence vers l'Olympe; il arrive, suant et couvert de poussiere, dans l'assemblée des dieux; il fait des plaintes ameres. Jupiter s'irrite contre Apollon, le chasse du ciel, et le précipite sur la terre. Son char vuide faisoit de lui-même son cours ordinaire, pour donner aux hommes les jours et les nuits avec le changement régulier des saisons.

Apollon, dépouillé de tous ses rayons, fut contraint de se faire berger, et de garder les troupeaux du roi Admete. Il jouoit de la flûte, et tous les autres bergers venoient à l'ombre des ormeaux sur le bord d'une claire fontaine écouter ses chansons. Jusques-là ils avoient mené une vie sauvage et brutale; ils ne savoient que conduire leurs brebis, les tondre, traire leur lait, et faire des fromages : toute la campagne étoit comme un désert affreux.

Bientôt Apollon montra à tous ces bergers les arts qui peuvent rendre la vie agréable. Il chantoit les fleurs dont le printemps se couronne, les parfums qu'il répand, et la verdure qui naît sous ses pas. Puis il chantoit les délicieuses nuits de l'été, où les zéphyrs rafraîchissent les hommes, et où la rosée désaltere la terre. Il mêloit aussi dans ses chansons les fruits dorés dont l'automne récompense les travaux des laboureurs, et le repos de l'hiver, pendant lequel la folâtre jeunesse danse auprès du feu. Enfin il représentoit les forêts sombres qui couvrent les montagnes, et les creux vallons, où les rivieres, par mille détours, semblent se jouer au milieu des riantes prairies. Il apprit ainsi aux bergers quels sont les charmes de la vie champêtre quand on sait goûter ce que la simple nature a de gracieux.

Les bergers, avec leurs flûtes, se virent bientôt plus heureux que les rois; et leurs cabanes attiroient en foule les plaisirs purs qui fuient les palais dorés. Les jeux, les ris, les graces, suivoient par-tout les innocentes bergeres. Tous les jours étoient des fêtes: on n'entendoit plus que le gazouillement des oiseaux, ou la douce haleine des zéphyrs qui se jouoient dans les rameaux des arbres, ou le murmure d'une onde claire qui tomboit de quelque rocher, ou les chansons que les muses inspiroient aux bergers qui suivoient Apollon. Ce dieu leur enseignoit à remporter le prix de la course et à percer de fleches les daims et les cerfs. Les dieux mêmes devinrent jaloux des bergers; cette vie leur parut plus douce que toute leur gloire, et ils rappellerent Apollon dans l'Olympe.

Mon fils, cette histoire doit vous instruire, puisque vous êtes dans l'état où fut Apollon : défrichez cette terre sauvage; faites fleurir comme lui le désert; apprenez à tous ces bergers quels sont les charmes de l'harmonie; adoucissez leurs cœurs farouches; montrez-leur l'aimable vertu; faites-leur sentir combien il est doux de jouir dans la solitude des plaisirs innocents que rien ne peut ôter aux bergers. Un jour, mon fils, un jour, les peines et les soucis cruels qui environnent les rois vous feront regretter sur le trône la vie pastorale.

Ayant ainsi parlé, Termosiris me donna une flûte si douce que les échos de ces montagnes, qui la firent entendre de tous les côtés, attirerent bientôt autour de moi tous les bergers voisins. Ma voix avoit une harmonie divine : je me sentois ému et comme hors de moi-même pour chanter les graces dont la nature a orné la campagne. Nous passions les jours entiers et une partie des nuits à chanter ensemble. Tous les bergers, oubliant leurs cabanes et leurs troupeaux, étoient suspendus et immobiles autour de moi pendant que je leur donnois des leçons ; il sembloit que ces déserts n'eussent plus rien de sauvage, tout y étoit doux et riant : la politesse des habitants sembloit adoucir la terre.

Nous nous assemblions souvent pour offrir des sacrifices dans ce temple d'Apollon où Termosiris étoit prêtre. Les bergers y alloient couronnés de lauriers en l'honneur du dieu : les bergeres y alloient aussi, en dansant, avec des couronnes de fleurs, et portant sur leurs têtes dans des corbeilles les dons sacrés. Après le sacrifice, nous faisions un festin champêtre ; nos plus doux mets étoient le lait de nos chevres et de nos brebis, que nous avions soin de traire nous-mêmes, avec les fruits fraîchement cueillis de nos propres mains, tels que les dattes, les figues et les raisins : nos sieges étoient les gazons ; nos arbres touffus nous donnoient une ombre plus agréable que les lambris dorés des palais des rois.

Mais ce qui acheva de me rendre fameux parmi nos bergers, c'est qu'un jour un lion affamé vint se jetter sur mon troupeau : déja il commençoit un carnage affreux. Je n'avois en main que ma houlette : je m'avance hardiment. Le lion hérisse sa criniere, me montre ses dents et ses griffes, ouvre une gueule seche et enflammée ; ses yeux paroissoient pleins de sang et de feu ; il bat ses flancs avec sa longue queue. Je le terrasse : la petite cotte de mailles dont j'étois revêtu, selon la coutume des bergers d'Égypte, l'empêcha de me déchirer. Trois fois je l'abattis, trois fois il se releva : il poussoit des rugissements qui faisoient retentir toutes les forêts. Enfin je l'étouffai entre mes bras ; et les bergers, témoins de ma victoire, voulurent que je me revêtisse de la peau de ce terrible animal.

Le bruit de cette action, et celui du beau changement de tous nos bergers, se répandit dans toute l'Égypte ; il parvint même jusqu'aux oreilles de Sésostris. Il sut qu'un de ces deux captifs qu'on avoit pris pour des Phéniciens avoit ramené l'âge d'or dans ces déserts presque inhabitables. Il voulut me voir : car il aimoit les muses ; et tout ce qui peut instruire les hommes touchoit son grand cœur. Il me vit, il m'écouta avec plaisir, et découvrit que Métophis l'avoit trompé par avarice. Il le condamna à une prison perpétuelle, et lui ôta toutes les richesses qu'il possédoit injustement. Oh ! qu'on est malheureux, disoit-il, quand on est au-dessus du reste des hommes ! souvent on ne peut voir la vérité par ses propres yeux : on est environné de gens qui l'empêchent d'arriver jusqu'à celui qui commande ; chacun est intéressé à le tromper ; chacun, sous une apparence de zele, cache son ambition. On fait semblant d'aimer le roi, et on n'aime que les richesses qu'il donne : on l'aime si peu, que pour obtenir ses faveurs on le flatte et on le trahit.

Ensuite Sésostris me traita avec une tendre amitié, et résolut de me renvoyer en Ithaque avec des vaisseaux et des troupes pour délivrer Pénélope de tous ses amants. La flotte étoit déja prête, nous ne songions qu'à nous embarquer. J'admirois les coups de la fortune, qui releve tout-à-coup ceux qu'elle a le plus abaissés. Cette expérience me faisoit espérer qu'Ulysse pourroit bien revenir enfin dans son royaume après quelque longue souffrance. Je pensois aussi en moi-même que je pourrois encore revoir Mentor, quoiqu'il eût été emmené dans les pays les plus inconnus de l'Éthiopie.

Pendant que je retardois un peu mon départ pour tâcher d'en savoir des nouvelles, Sésostris, qui étoit fort âgé, mourut subitement; et sa mort me replongea dans de nouveaux malheurs.

Toute l'Égypte parut inconsolable de cette perte; chaque famille croyoit avoir perdu son meilleur ami, son protecteur, son pere. Les vieillards, levant les mains au ciel, s'écrioient : Jamais l'Égypte n'eut un si bon roi! jamais elle n'en aura de semblable! Ô dieux! il falloit, ou ne le montrer point aux hommes, ou ne le leur ôter jamais! pourquoi faut-il que nous survivions au grand Sésostris! Les jeunes gens disoient : L'espérance de l'Égypte est détruite : nos peres ont été heureux de passer leur vie sous un si bon roi; pour nous, nous ne l'avons vu que pour sentir sa perte. Ses domestiques pleuroient nuit et jour. Quand on fit les funérailles du roi, pendant quarante jours les peuples les plus reculés y accouroient en foule : chacun vouloit voir encore une fois le corps de Sésostris ; chacun vouloit en conserver l'image ; plusieurs vouloient être mis avec lui dans le tombeau.

Ce qui augmenta encore la douleur de sa perte, c'est que son fils Bocchoris n'avoit ni humanité pour les étrangers, ni curiosité pour les sciences, ni estime pour les hommes vertueux, ni amour de la gloire. La grandeur de son pere avoit contribué à le rendre si indigne de régner. Il avoit été nourri dans la mollesse et dans une fierté brutale ; il comptoit pour rien les hommes, croyant qu'ils n'étoient faits que pour lui, et qu'il étoit d'une autre nature qu'eux ; il ne songeoit qu'à contenter ses passions, qu'à dissiper les trésors immenses que son pere avoit ménagés avec tant de soin, qu'à tourmenter les peuples, qu'à sucer le sang des malheureux, enfin qu'à suivre le conseil flatteur des jeunes insensés qui l'environnoient, pendant qu'il écartoit avec mépris tous les sages vieillards qui avoient eu la confiance de son pere. C'étoit un monstre, et non pas un roi. Toute l'Égypte gémissoit; et quoique le nom de Sésostris, si cher aux Égyptiens, leur fît supporter la conduite lâche et cruelle de son fils, le fils couroit à sa perte; et un prince si indigne du trône ne pouvoit long-temps régner.

Il ne me fut plus permis d'espérer mon retour en Ithaque. Je demeurai dans une tour sur le bord de la mer auprès de Péluse, où notre embarquement devoit se faire si Sésostris ne fût pas mort. Métophis avoit eu l'adresse de sortir de prison, et de se rétablir auprès du nouveau roi : il m'avoit fait renfermer dans cette tour pour se venger de la disgrace que je lui avois causée. Je passois les jours et les nuits dans une profonde tristesse : tout ce que Termosiris m'avoit prédit, et tout ce que j'avois entendu dans la caverne, ne me paroissoit plus qu'un songe ; j'étois abîmé dans la plus amere douleur. Je voyois les vagues qui venoient battre le pied de la tour où j'étois prisonnier : souvent je m'occupois à considérer des vaisseaux agités par la tempête, qui étoient en danger de se briser contre les rochers sur lesquels la tour étoit bâtie. Loin de plaindre ces hommes menacés du naufrage, j'enviois leur sort. Bientôt, disois-je à moi-même, ils finiront les malheurs de leur vie, ou ils arriveront en leur pays. Hélas ! je ne puis espérer ni l'un ni l'autre !

Pendant que je me consumois ainsi en regrets inutiles, j'apperçus comme une forêt de mâts de vaisseaux. La mer étoit couverte de voiles que les vents enfloient ; l'onde étoit écumante sous les coups de rames innombrables. J'entendois de toutes parts des cris confus ; j'appercevois sur le rivage une partie des Égyptiens effrayés qui couroient aux armes, et d'autres qui sembloïent aller au-devant de cette flotte qu'on voyoit arriver. Bientôt je reconnus que ces vaisseaux étrangers étoient les uns de Phénicie, et les autres de l'isle de Cypre ; car mes malheurs commençoient à me rendre expérimenté sur ce qui regarde la navigation. Les Égyptiens me parurent divisés entre eux : je n'eus aucune peine à croire que l'insensé Bocchoris avoit, par ses violences, causé une révolte de ses sujets, et allumé la guerre civile. Je fus, du haut de cette tour, spectateur d'un sanglant combat.

Les Égyptiens qui avoient appellé à

leur secours les étrangers, après avoir favorisé leur descente, attaquerent les autres Égyptiens qui avoient le roi à leur tête. Je voyois ce roi qui animoit les siens par son exemple; il paroissoit comme le dieu Mars: des ruisseaux de sang couloient autour de lui; les roues de son char étoient teintes d'un sang noir, épais et écumant; à peine pouvoient-elles passer sur des tas de corps morts écrasés. Ce jeune roi, bien fait, vigoureux, d'une mine haute et fiere, avoit dans ses yeux la fureur et le désespoir: il étoit comme un beau cheval qui n'a point de bouche; son courage le poussoit au hasard, et la sagesse ne modéroit pas sa valeur. Il ne savoit ni réparer ses fautes, ni donner des ordres précis, ni prévoir les maux qui le menaçoient, ni ménager les gens dont il avoit le plus grand besoin. Ce n'étoit pas qu'il manquât de génie; ses lumieres égaloient son courage : mais il n'avoit jamais été instruit par la mauvaise fortune ; ses maîtres avoient empoisonné par la flatterie son beau naturel. Il étoit enivré de sa puissance et de son bonheur, il croyoit que tout devoit céder à ses desirs fougueux : la moindre résistance enflammoit sa colere. Alors il ne raisonnoit plus, il étoit comme hors de lui-même : son orgueil furieux en faisoit une bête farouche ; sa bonté naturelle et sa droite raison l'abandonnoient en un instant ; ses plus fideles serviteurs étoient réduits à s'enfuir ; il n'aimoit plus que ceux qui flattoient ses passions. Ainsi il prenoit toujours des partis extrêmes contre ses véritables intérêts, et il forçoit tous les gens de bien à détester sa folle conduite.

Long-temps sa valeur le soutint contre la multitude de ses ennemis ;

mais enfin il fut accablé. Je le vis périr : le dard d'un Phénicien perça sa poitrine, les rênes lui échappèrent des mains, il tomba de son char sous les pieds des chevaux. Un soldat de l'isle de Cypre lui coupa la tête ; et, la prenant par les cheveux, il la montra comme en triomphe à toute l'armée victorieuse.

Je me souviendrai toute ma vie d'avoir vu cette tête qui nageoit dans le sang, ces yeux fermés et éteints, ce visage pâle et défiguré, cette bouche entr'ouverte qui sembloit vouloir encore achever des paroles commencées, cet air superbe et menaçant que la mort même n'avoit pu effacer. Toute ma vie, il sera peint devant mes yeux ; et si jamais les dieux me faisoient régner, je n'oublierois point, après un si funeste exemple, qu'un roi n'est digne de commander et n'est heureux dans sa puissance, qu'autant qu'il la soumet à la raison. Eh! quel malheur pour un homme destiné à faire le bonheur public, de n'être le maître de tant d'hommes que pour les rendre malheureux!

FIN DU LIVRE SECOND.

SOMMAIRE

DU LIVRE TROISIEME.

Télémaque raconte que, le successeur de Bocchoris rendant tous les prisonniers tyriens, lui-même Télémaque fut emmené à Tyr sur le vaisseau de Narbal qui commandoit la flotte tyrienne; que Narbal lui dépeignit Pygmalion, leur roi, dont il falloit craindre la cruelle avarice; qu'ensuite il avoit été instruit par Narbal sur les regles du commerce de Tyr, et qu'il alloit s'embarquer sur un vaisseau cyprien pour aller par l'isle de Cypre en Ithaque, quand Pygmalion découvrit qu'il étoit étranger, et voulut le faire prendre; qu'alors il étoit sur le point de périr; mais qu'Astarbé, maîtresse du tyran, l'avoit sauvé pour faire mourir en sa place un jeune homme dont le mépris l'avoit irritée.

LIVRE TROISIEME.

CALYPSO écoutoit avec étonnement des paroles si sages. Ce qui la charmoit le plus étoit de voir que Télémaque racontoit ingénument les fautes qu'il avoit faites par précipitation et en manquant de docilité pour le sage Mentor : elle trouvoit une noblesse et une grandeur étonnante dans ce jeune homme qui s'accusoit lui-même, et qui paroissoit avoir si bien profité de ses imprudences pour se rendre sage, prévoyant et modéré. Continuez, disoit-elle, mon cher Télémaque ; il me tarde de savoir comment vous sortîtes de l'Égypte, et où vous avez retrouvé le sage Mentor dont vous avez senti la perte avec tant de raison.

Télémaque reprit ainsi son discours : Les Égyptiens les plus vertueux et les plus fideles au roi étant les plus foibles, et voyant le roi mort, furent contraints de céder aux autres : on établit un autre roi nommé Termutis. Les Phéniciens, avec les troupes de l'isle de Cypre, se retirerent après avoir fait alliance avec le nouveau roi. Celui-ci rendit tous les prisonniers phéniciens ; je fus compté comme étant de ce nombre. On me fit sortir de la tour ; je m'embarquai avec les autres, et l'espérance commença à reluire au fond de mon cœur. Un vent favorable remplissoit déja nos voiles, les rameurs fendoient les ondes écumantes, la vaste mer étoit couverte de navires ; les mariniers poussoient des cris de joie ; les rivages d'Égypte s'enfuyoient loin de nous ; les collines et les montagnes s'applanissoient peu-à-peu : nous commencions à ne voir plus que le ciel et l'eau. Pendant que le soleil qui se levoit sembloit faire sortir du sein de la mer ses feux étincelants, ses rayons doroient le sommet des montagnes que nous découvrions encore un peu sur l'horizon ; et tout le ciel, peint d'un sombre azur, nous promettoit une heureuse navigation.

Quoiqu'on m'eût renvoyé comme étant Phénicien, aucun des Phéniciens avec qui j'étois ne me connoissoit. Narbal, qui commandoit dans le vaisseau où l'on me mit, me demanda mon nom et ma patrie. De quelle ville de Phénicie êtes-vous? me dit-il. Je ne suis point de Phénicie, lui dis-je; mais les Égyptiens m'avoient pris sur la mer dans un vaisseau de Phénicie : j'ai demeuré captif en Égypte comme un Phénicien ; c'est sous ce nom que j'ai longtemps souffert; c'est sous ce nom que l'on m'a délivré. De quel pays êtes-vous donc? reprit alors Narbal. Je lui parlai ainsi : Je suis Télémaque, fils d'Ulysse roi d'Ithaque en Grece. Mon pere s'est rendu fameux entre tous les rois qui ont assiégé la ville de Troie : mais les dieux ne lui ont pas accordé de revoir sa patrie. Je l'ai cherché en plusieurs pays ; la fortune me persécute comme lui : vous voyez un malheureux qui ne soupire qu'après le bonheur de retourner parmi les siens, et de retrouver son pere.

Narbal me regardoit avec étonnement, et il crut appercevoir en moi je ne sais quoi d'heureux qui vient des dons du ciel, et qui n'est point dans le commun des hommes. Il étoit naturellement sincere et généreux ; il fut touché de mon malheur, et me parla avec une confiance que les dieux lui inspirerent pour me sauver d'un grand péril.

Télémaque, je ne doute point, me dit-il, de ce que vous me dites, et je ne saurois en douter ; la douleur et la vertu peintes sur votre visage ne me permettent pas de me défier de vous : je sens même que les dieux, que j'ai toujours servis, vous aiment, et qu'ils veulent que je vous aime aussi comme si vous étiez mon fils. Je vous donnerai un conseil salutaire; et pour récompense je ne vous demande que le secret. Ne craignez point, lui dis-je, que j'aie aucune peine à me taire sur les choses que vous voudrez me confier : quoique je sois jeune, j'ai déja vieilli dans l'habitude de ne dire jamais mon secret, et encore plus de ne trahir jamais sous aucun prétexte le secret d'autrui. Comment avez-vous pu, me dit-il, vous accoutumer au secret, dans une si grande jeunesse? Je serai ravi d'apprendre par quel moyen vous avez acquis cette qualité, qui est le fondement de la plus sage conduite, et sans laquelle tous les talents sont inutiles.

Quand Ulysse, lui dis-je, partit pour aller au siege de Troie, il me prit sur ses genoux et entre ses bras; c'est ainsi qu'on me l'a raconté. Après m'avoir baisé tendrement, il me dit ces paroles, quoique je ne pusse les entendre : Ô mon fils ! que les dieux me préservent de te revoir jamais ; que plutôt le ciseau de la Parque tranche le fil de tes jours lorsqu'il est à peine formé, de même que le moissonneur tranche de sa faux une tendre fleur qui commence à éclore ; que mes ennemis te puissent écraser aux yeux de ta mere et aux miens, si tu dois un jour te corrompre et abandonner la vertu ! Ô mes amis ! continua-t-il, je vous laisse ce fils qui m'est si cher ; ayez soin de son enfance : si vous m'aimez, éloignez de lui la pernicieuse flatterie ; enseignez-lui à se vaincre ; qu'il soit comme un jeune arbrisseau encore tendre, qu'on plie pour le redresser. Sur-tout n'oubliez rien pour le rendre juste, bienfaisant, sincere, et fidele à garder le secret. Quiconque est capable de mentir est indigne d'être compté au nombre des hommes; et quiconque ne sait pas se taire est indigne de gouverner.

Je vous rapporte ces paroles, parce-qu'on a eu soin de me les répéter souvent, et qu'elles ont pénétré jusqu'au fond de mon cœur : je me les redis souvent à moi-même.

Les amis de mon pere eurent soin de m'exercer de bonne heure au secret. J'étois encore dans la plus grande enfance, et ils me confioient déja toutes les peines qu'ils ressentoient, voyant ma mere exposée à un grand nombre de téméraires qui vouloient l'épouser. Ainsi on me traitoit dès-lors comme un homme raisonnable et sûr; on m'entretenoit secrètement des plus grandes affaires; on m'instruisoit de ce qu'on avoit résolu pour écarter les prétendants. J'étois ravi qu'on eût en moi cette confiance; par-là je me croyois déja un homme fait. Jamais je n'en ai abusé; jamais il ne m'a échappé une seule parole qui pût découvrir le moindre secret. Souvent les prétendants tâchoient de me faire parler, espérant qu'un enfant qui pourroit avoir vu ou entendu quelque chose d'important ne sauroit pas se retenir : mais je savois bien leur répondre sans mentir, et sans leur apprendre ce que je ne devois point leur dire.

Alors Narbal me dit : Vous voyez, Télémaque, la puissance des Phéniciens ; ils sont redoutables à toutes les nations voisines par leurs innombrables vaisseaux : le commerce qu'ils font jusques aux colonnes d'Hercule leur donne des richesses qui surpassent celles des peuples les plus florissants. Le grand roi Sésostris, qui n'auroit jamais pu les vaincre par mer, eut bien de la peine à les vaincre par terre avec ses armées qui avoient conquis tout l'Orient; il nous imposa un tribut que nous n'avons pas long-temps payé.

Les Phéniciens se trouvoient trop riches et trop puissants pour porter patiemment le joug et la servitude; nous reprîmes notre liberté. La mort ne laissa pas à Sésostris le temps de finir la guerre contre nous. Il est vrai que nous avions tout à craindre de sa sagesse, encore plus que de sa puissance : mais, sa puissance passant entre les mains de son fils, dépourvu de toute sagesse, nous conclûmes que nous n'avions plus rien à craindre. En effet, les Égyptiens, bien loin de rentrer les armes à la main dans notre pays pour nous subjuguer encore une fois, ont été contraints de nous appeller à leur secours pour les délivrer de ce roi impie et furieux. Nous avons été leurs libérateurs. Quelle gloire ajoutée à la liberté et à l'opulence des Phéniciens !

Mais pendant que nous délivrons les autres, nous sommes esclaves nous-mêmes. Ô Télémaque ! craignez de tomber entre les mains de Pygmalion notre roi : il les a trempées, ces mains cruelles, dans le sang de Sichée, mari de Didon sa sœur. Didon, pleine du desir de la vengeance, s'est sauvée de Tyr avec plusieurs vaisseaux. La plupart de ceux qui aiment la vertu et la liberté l'ont suivie : elle a fondé sur la côte d'Afrique une superbe ville qu'on nomme Carthage. Pygmalion, tourmenté par une soif insatiable des richesses, se rend de plus en plus méprisable et odieux à ses sujets. C'est un crime à Tyr que d'avoir de grands biens : l'avarice le rend défiant, soupçonneux, cruel ; il persécute les riches, et il craint les pauvres.

C'est un crime encore plus grand à Tyr d'avoir de la vertu ; car Pygmalion suppose que les bons ne peuvent souffrir ses injustices et ses infamies : la vertu le condamne, il s'aigrit et s'irrite contre elle. Tout l'agite, l'inquiete, le ronge; il a peur de son ombre; il ne dort ni nuit ni jour : les dieux pour le confondre l'accablent de trésors dont il n'ose jouir. Ce qu'il cherche pour être heureux est précisément ce qui l'empêche de l'être. Il regrette tout ce qu'il donne, et craint toujours de perdre; il se tourmente pour gagner.

On ne le voit presque jamais ; il est seul, triste, abattu au fond de son palais : ses amis mêmes n'osent l'aborder, de peur de lui devenir suspects. Une garde terrible tient toujours des épées nues et des piques levées autour de sa maison. Trente chambres qui communiquent les unes aux autres, et dont chacune a une porte de fer avec six gros verroux, sont le lieu où il se renferme; on ne sait jamais dans laquelle de ces chambres il couche, et on assure qu'il ne couche jamais deux nuits de suite dans la même, de peur d'y être égorgé. Il ne connoît ni les doux plaisirs, ni l'amitié encore plus douce : si on lui parle de chercher la joie, il sent qu'elle fuit loin de lui, et qu'elle refuse d'entrer dans son cœur. Ses yeux creux sont pleins d'un feu âpre et farouche, ils sont sans cesse errants de tous côtés : il prête l'oreille au moindre bruit, et se sent tout ému ; il est pâle, défait, et les noirs soucis sont peints sur son visage toujours ridé. Il se tait, il soupire, il tire de son cœur de profonds gémissements, il ne peut cacher les remords qui déchirent ses entrailles. Les mets les plus exquis le dégoûtent. Ses enfants, loin d'être son espérance, sont le sujet de sa terreur, il en a fait ses plus dangereux ennemis. Il n'a eu toute sa vie aucun moment d'assuré ; il ne se conserve qu'à force de répandre le sang de tous ceux qu'il craint. Insensé, qui ne voit pas que sa cruauté, à laquelle il se confie, le fera périr ! Quelqu'un de ses domestiques, aussi défiant que lui, se hâtera de délivrer le monde de ce monstre.

Pour moi, je crains les dieux : quoi qu'il m'en coûte, je serai fidele au roi qu'ils m'ont donné ; j'aimerois mieux qu'il me fît mourir, que de lui ôter la vie, et même que de manquer à le défendre. Pour vous, ô Télémaque, gardez-vous bien de lui dire que vous êtes le fils d'Ulysse : il espéreroit qu'Ulysse, retournant à Ithaque, lui paieroit quelque grande somme pour vous racheter, et il vous tiendroit en prison.

Quand nous arrivâmes à Tyr, je suivis le conseil de Narbal, et je reconnus la vérité de tout ce qu'il m'avoit raconté. Je ne pouvois comprendre qu'un homme pût se rendre aussi misérable que Pygmalion me le paroissoit.

Surpris d'un spectacle si affreux et si nouveau pour moi, je disois en moi-même : Voilà un homme qui n'a cherché qu'à se rendre heureux : il a cru y parvenir par les richesses et par une autorité absolue ; il possede tout ce qu'il peut desirer; et cependant il est misérable par ses richesses et par son autorité même. S'il étoit berger, comme je l'étois naguere, il seroit aussi heureux que je l'ai été : il jouiroit des plaisirs innocents de la campagne, et en jouiroit sans remords ; il ne craindroit ni le fer ni le poison; il aimeroit les hommes, il en seroit aimé : il n'auroit point ces grandes richesses qui lui sont aussi inutiles que du sable, puisqu'il n'ose y toucher ; mais il jouiroit librement des fruits de la terre, et ne souffriroit aucun véritable besoin. Cet homme paroît faire tout ce qu'il veut : mais il s'en faut bien qu'il ne le fasse ; il fait tout ce que veulent ses passions féroces ; il est toujours entraîné par son avarice, par sa crainte et par ses soupçons. Il paroît maître de tous les autres hommes ; mais il n'est pas maître de lui-même, car il a autant de maîtres et de bourreaux qu'il a de desirs violents.

Je raisonnois ainsi de Pygmalion sans le voir; car on ne le voyoit point: et on regardoit seulement avec crainte ces hautes tours, qui étoient nuit et jour entourées de gardes, où il s'étoit mis lui-même comme en prison, se renfermant avec ses trésors. Je comparois ce roi invisible avec Sésostris si doux, si accessible, si affable, si curieux de voir les étrangers, si attentif à écouter tout le monde et à tirer du cœur des hommes la vérité qu'on cache aux rois. Sésostris, disois-je, ne craignoit rien, et n'avoit rien à craindre; il se montroit à tous ses sujets comme à ses propres enfants: celui-ci craint tout, et a tout à craindre. Ce méchant roi est toujours exposé à une mort funeste, même dans son palais inaccessible, au milieu de ses gardes: au contraire, le bon roi Sésostris étoit en sûreté au milieu de la foule des peuples, comme un bon pere dans sa maison environné de sa famille.

Pygmalion donna ordre de renvoyer les troupes de l'isle de Cypre qui étoient venues secourir les siennes à cause de l'alliance qui étoit entre les deux peuples. Narbal prit cette occasion de me mettre en liberté : il me fit passer en revue parmi les soldats cypriens ; car le roi étoit ombrageux jusques dans les moindres choses.

Le défaut des princes trop faciles et inappliqués est de se livrer avec une aveugle confiance à des favoris artificieux et corrompus. Le défaut de celui-ci étoit, au contraire, de se défier des plus honnêtes gens : il ne savoit point discerner les hommes droits et simples qui agissent sans déguisement; aussi n'avoit-il jamais vu de gens de bien, car de telles gens ne vont point chercher un roi si corrompu. D'ailleurs, il avoit vu depuis qu'il étoit sur le trône, dans les hommes dont il s'étoit servi, tant de dissimulation, de perfidie et de vices affreux déguisés sous les apparences de la vertu, qu'il regardoit tous les hommes, sans exception, comme s'ils eussent été masqués. Il supposoit qu'il n'y a aucune sincere vertu sur la terre : ainsi il regardoit tous les hommes comme étant à-peu-près égaux. Quand il trouvoit un homme faux et corrompu, il ne se donnoit point la peine d'en chercher un autre, comptant qu'un autre ne seroit pas meilleur. Les bons lui paroissoient pires que les méchants les plus déclarés, parcequ'il les croyoit aussi méchants et plus trompeurs.

Pour revenir à moi, je fus confondu avec les Cypriens, et j'échappai à la défiance pénétrante du roi. Narbal trembloit, dans la crainte que je ne fusse découvert; il lui en eût coûté la vie et à moi aussi. Son impatience de nous voir partir étoit incroyable : mais les vents contraires nous retinrent assez long-temps à Tyr.

Je profitai de ce séjour pour connoître les mœurs des Phéniciens si célebres dans toutes les nations connues. J'admirois l'heureuse situation de cette grande ville, qui est au milieu de la mer dans une isle. La côte voisine est délicieuse par sa fertilité, par les fruits exquis qu'elle porte, par le nombre de villes et de villages qui se touchent presque ; enfin, par la douceur de son climat: car les montagnes mettent cette côte à l'abri des vents brûlants du midi; elle est rafraîchie par le vent du nord qui souffle du côté de la mer. Ce pays est au pied du Liban, dont le sommet fend les nues et va toucher les astres; une glace éternelle couvre son front; des fleuves pleins de neiges tombent, comme des torrents, des pointes des rochers qui environnent sa tête. Au-dessous on voit une vaste forêt de cedres antiques, qui paroissent aussi vieux que la terre où ils sont plantés, et qui portent leurs branches épaisses jusques vers les nues. Cette forêt a sous ses pieds de gras pâturages dans la pente de la montagne. C'est là qu'on voit errer les taureaux qui mugissent, les brebis qui bêlent avec leurs tendres agneaux bondissant sur l'herbe: là coulent mille ruisseaux d'une eau claire. Enfin, on voit au-dessous de ces pâturages le pied de la montagne, qui est comme un jardin : le printemps et l'automne y regnent ensemble pour y joindre les fleurs et les fruits. Jamais ni le souffle empesté du midi, qui seche et qui brûle tout, ni le rigoureux aquilon, n'ont osé effacer les vives couleurs qui ornent ce jardin.

C'est auprès de cette belle côte, que s'éleve dans la mer l'isle où est bâtie la ville de Tyr. Cette grande ville semble nager au-dessus des eaux, et être la reine de la mer. Les marchands y abordent de toutes les parties du monde, et ses habitants sont eux-mêmes les plus fameux marchands qu'il y ait dans l'univers. Quand on entre dans cette ville, on croit d'abord que ce n'est point une ville qui appartienne à un peuple particulier, mais qu'elle est la ville commune de tous les peuples, et le centre de leur commerce. Elle a deux grands môles semblables à deux bras qui s'avancent dans la mer, et qui embrassent un vaste port où les vents ne peuvent entrer. Dans ce port, on voit comme une forêt de mâts de navires ; et ces navires sont si nombreux, qu'à peine peut-on découvrir la mer qui les porte. Tous les citoyens s'appliquent au commerce, et leurs grandes richesses ne les dégoûtent jamais du travail nécessaire pour les augmenter. On y voit de tous côtés le fin lin d'Égypte, et la pourpre tyrienne deux fois teinte, d'un éclat merveilleux : cette double teinture est si vive, que le temps ne peut l'effacer : on s'en sert pour des laines fines qu'on rehausse d'une broderie d'or et d'argent. Les Phéniciens ont le commerce de tous les peuples jusqu'au détroit de Gadès, et ils ont même pénétré dans le vaste océan qui environne toute la terre. Ils ont fait aussi de longues navigations sur la mer rouge; et c'est par ce chemin qu'ils vont chercher, dans des isles inconnues, de l'or, des parfums, et divers animaux qu'on ne voit point ailleurs.

Je ne pouvois rassasier mes yeux du spectacle magnifique de cette grande ville où tout étoit en mouvement. Je n'y voyois point, comme dans les villes de la Grece, des hommes oisifs et curieux, qui vont chercher des nouvelles dans la place publique, ou regarder les étrangers qui arrivent sur le port. Les hommes sont occupés à décharger leurs vaisseaux, à transporter leurs marchandises ou à les vendre, à ranger leurs magasins, et à tenir un compte exact de ce qui leur est dû par les négocians étrangers. Les femmes ne cessent jamais, ou de filer les laines, ou de faire des dessins de broderie, ou de plier les riches étoffes.

D'où vient, disois-je à Narbal, que les Phéniciens se sont rendus les maîtres du commerce de toute la terre, et qu'ils s'enrichissent ainsi aux dépens de tous les autres peuples ? Vous le voyez, me répondit-il : la situation de Tyr est heureuse pour le commerce. C'est notre patrie qui a la gloire d'avoir inventé la navigation : les Tyriens furent les premiers, s'il en faut croire ce qu'on raconte de la plus obscure antiquité, qui domterent les flots, longtemps avant l'âge de Tiphis et des Argonautes tant vantés dans la Grece : ils furent, dis-je, les premiers qui oserent se mettre dans un frêle vaisseau à la merci des vagues et des tempêtes, qui sonderent les abîmes de la mer, qui observerent les astres loin de la terre, suivant la science des Égyptiens et des Babyloniens, enfin qui réunirent tant de peuples que la mer avoit séparés. Les Tyriens sont industrieux, patients, laborieux, propres, sobres, et ménagers : ils ont une exacte police ; ils sont parfaitement d'accord entre eux : jamais peuple n'a été plus constant, plus sincere, plus fidele, plus sûr, plus commode à tous les étrangers.

Voilà, sans aller chercher d'autre cause, ce qui leur donne l'empire de la mer, et qui fait fleurir dans leur port un si utile commerce. Si la division et la jalousie se mettoient entre eux; s'ils commençoient à s'amollir dans les délices et dans l'oisiveté; si les premiers de la nation méprisoient le travail et l'économie; si les arts cessoient d'être en honneur dans leur ville; s'ils manquoient de bonne foi envers les étrangers; s'ils altéroient tant soit peu les regles d'un commerce libre; s'ils négligeoient leurs manufactures, et s'ils cessoient de faire les grandes avances qui sont nécessaires pour rendre leurs marchandises parfaites chacune dans son genre, vous verriez bientôt tomber cette puissance que vous admirez.

Mais expliquez-moi, lui disois-je, les vrais moyens d'établir un jour à Ithaque un pareil commerce. Faites, me répondit-il, comme on fait ici: recevez bien et facilement tous les étrangers; faites-leur trouver dans vos ports la sûreté, la commodité, la liberté entiere; ne vous laissez jamais entraîner ni par l'avarice ni par l'orgueil. Le vrai moyen de gagner beaucoup est de ne vouloir jamais trop gagner, et de savoir perdre à propos. Faites-vous aimer par tous les étrangers; souffrez même quelque chose d'eux; craignez d'exciter leur jalousie par votre hauteur : soyez constant dans les regles du commerce; qu'elles soient simples et faciles; accoutumez vos peuples à les suivre inviolablement; punissez sévèrement la fraude, et même la négligence ou le faste des marchands, qui ruine le commerce en ruinant les hommes qui le font.

Sur-tout n'entreprenez jamais de gêner le commerce pour le tourner selon vos vues. Il faut que le prince ne s'en mêle point, de peur de le gêner, et qu'il en laisse tout le profit à ses sujets qui en ont la peine; autrement il les découragera : il en tirera assez d'avantages par les grandes richesses qui entreront dans ses états. Le commerce est comme certaines sources; si vous voulez détourner leur cours, vous les faites tarir. Il n'y a que le profit et la commodité, qui attirent les étrangers chez vous; si vous leur rendez le commerce moins commode et moins utile, ils se retirent insensiblement et ne reviennent plus, parceque d'autres peuples, profitant de votre imprudence, les attirent chez eux, et les accoutument à se passer de vous. Il faut même vous avouer que depuis quelque temps la gloire de Tyr est bien obscurcie. Oh! si vous l'aviez vue, mon cher Télémaque, avant le regne de Pygmalion, vous auriez été bien plus étonné! Vous ne trouvez plus ici maintenant que les tristes restes d'une grandeur qui menace ruine. Ô malheureuse Tyr! en quelles mains es-tu tombée! autrefois la mer t'apportoit le tribut de tous les peuples de la terre.

Pygmalion craint tout et des étrangers et de ses sujets. Au lieu d'ouvrir, suivant notre ancienne coutume, ses ports à toutes les nations les plus éloignées, dans une entiere liberté, il veut savoir le nombre des vaisseaux qui arrivent, leur pays, le nom des hommes qui y sont, leur genre de commerce, la nature et le prix de leurs marchandises, et le temps qu'ils doivent demeurer ici. Il fait encore pis; car il use de supercherie pour surprendre les marchands et pour confisquer leurs marchandises. Il inquiete les marchands qu'il croit les plus opulents; il établit, sous divers prétextes, de nouveaux impôts. Il veut entrer lui-même dans le commerce; et tout le monde craint d'avoir quelque affaire avec lui. Ainsi le commerce languit; les étrangers oublient peu-à-peu le chemin de Tyr, qui leur étoit autrefois si doux : et si Pygmalion ne change de conduite, notre gloire et notre puissance seront bientôt transportées à quelque autre peuple mieux gouverné que nous.

Je demandai ensuite à Narbal comment les Tyriens s'étoient rendus si puissants sur la mer : car je voulois n'ignorer rien de tout ce qui sert au gouvernement d'un royaume. Nous avons, me répondit-il, les forêts du Liban qui nous fournissent les bois des vaisseaux; et nous les réservons avec soin pour cet usage : on n'en coupe jamais que pour les besoins publics. Pour la construction des vaisseaux, nous avons l'avantage d'avoir des ouvriers habiles.

Comment, lui disois-je, avez-vous pu faire pour trouver ces ouvriers?

Ils se sont formés, répondit Narbal, peu-à-peu dans le pays. Quand on récompense bien ceux qui excellent dans les arts, on est sûr d'avoir bientôt des hommes qui les menent à leur derniere perfection; car les hommes qui ont le plus de sagesse et de talent ne manquent point de s'adonner aux arts auxquels les grandes récompenses sont attachées. Ici on traite avec honneur tous ceux qui réussissent dans les arts et dans les sciences utiles à la navigation. On considere un bon géometre; on estime fort un habile astronome; on comble de biens un pilote qui surpasse les autres dans sa fonction: on ne méprise point un bon charpentier; au contraire, il est bien payé et bien traité : les bons rameurs même ont des récompenses sûres et proportionnées à leurs services; on les nourrit bien; on a soin d'eux quand ils sont malades; en leur absence on a soin de leurs femmes et de leurs enfants; s'ils périssent dans un naufrage, on dédommage leur famille : on renvoie chez eux ceux qui ont servi un certain temps. Ainsi on en a autant qu'on en veut: le pere est ravi d'élever son fils dans un si bon métier; et, dès sa plus tendre jeunesse, il se hâte de lui enseigner à manier la rame, à tendre les cordages, et à mépriser les tempêtes. C'est ainsi qu'on mene les hommes, sans contrainte, par la récompense et par le bon ordre. L'autorité seule ne fait jamais bien; la soumission des inférieurs ne suffit pas: il faut gagner les cœurs, et faire trouver aux hommes leur avantage dans les choses où l'on veut se servir de leur industrie.

Après ces discours, Narbal me mena visiter tous les magasins, les arsenaux, et tous les métiers qui servent à la construction des navires. Je demandois le détail des moindres choses, et j'écrivois tout ce que j'avois appris, de peur d'oublier quelque circonstance utile.

Cependant Narbal, qui connoissoit Pygmalion, et qui m'aimoit, attendoit avec impatience mon départ, craignant que je ne fusse découvert par les espions du roi, qui alloient nuit et jour par toute la ville : mais les vents ne nous permettoient pas encore de nous embarquer. Pendant que nous étions occupés à visiter curieusement le port, et à interroger divers marchands, nous vîmes venir à nous un officier de Pygmalion, qui dit à Narbal : Le roi vient d'apprendre d'un des capitaines des vaisseaux qui sont revenus d'Égypte avec vous, que vous avez amené un étranger qui passe pour Cyprien : le roi veut qu'on l'arrête, et qu'on sache certainement de quel pays il est; vous en répondrez sur votre tête. Dans ce moment je m'étois un peu éloigné pour regarder de plus près les proportions que les Tyriens avoient gardées dans la construction d'un vaisseau presque neuf, qui étoit, disoit-on, par cette proportion si exacte de toutes ses parties, le meilleur voilier qu'on eût jamais vu dans le port; et j'interrogeois l'ouvrier qui avoit réglé cette proportion.

Narbal, surpris et effrayé, répondit: Je vais chercher cet étranger qui est de l'isle de Cypre. Mais quand il eut perdu de vue cet officier, il courut vers moi pour m'avertir du danger où j'étois: Je ne l'avois que trop prévu, me dit-il, mon cher Télémaque! nous sommes perdus! le roi, que sa défiance tourmente jour et nuit, soupçonne que vous n'êtes pas de l'isle de Cypre; il ordonne qu'on vous arrête: il veut me faire périr si je ne vous mets entre ses mains. Que ferons-nous? Ô dieux, donnez-nous la sagesse pour nous tirer de ce péril. Il faudra, Télémaque, que je vous mene au palais du roi. Vous soutiendrez que vous êtes Cyprien, de la ville d'Amathonte, fils d'un statuaire de Vénus. Je déclarerai que j'ai connu autrefois votre pere; et peut-être que le roi, sans approfondir davantage, vous laissera partir. Je ne vois plus d'autres moyens de sauver votre vie et la mienne.

Je répondis à Narbal : Laissez périr un malheureux que le destin veut perdre. Je sais mourir, Narbal ; et je vous dois trop, pour vous entraîner dans mon malheur. Je ne puis me résoudre à mentir : je ne suis point Cyprien ; et je ne saurois dire que je le suis. Les dieux voient ma sincérité, c'est à eux à conserver ma vie par leur puissance s'ils le veulent ; mais je ne veux point la sauver par un mensonge.

Narbal me répondoit : Ce mensonge, Télémaque, n'a rien qui ne soit innocent ; les dieux mêmes ne peuvent le condamner : il ne fait aucun mal à personne ; il sauve la vie à deux innocents ; il ne trompe le roi, que pour l'empêcher de faire un grand crime. Vous poussez trop loin l'amour de la vertu et la crainte de blesser la religion.

Il suffit, lui disois-je, que le mensonge soit mensonge, pour ne pas être digne d'un homme qui parle en présence des dieux, et qui doit tout à la vérité. Celui qui blesse la vérité offense les dieux et se blesse soi-même, car il parle contre sa conscience. Cessez, Narbal, de me proposer ce qui est indigne de vous et de moi. Si les dieux ont pitié de nous, ils sauront bien nous délivrer : s'ils veulent nous laisser périr, nous serons en mourant les victimes de la vérité, et nous laisserons aux hommes l'exemple de préférer la vertu sans tache à une longue vie : la mienne n'est déja que trop longue, étant si malheureuse. C'est vous seul, ô mon cher Narbal, pour qui mon cœur s'attendrit. Falloit-il que votre amitié pour un malheureux étranger vous fût si funeste !

Nous demeurâmes long-temps dans cette espece de combat; mais enfin nous vîmes arriver un homme qui couroit hors d'haleine : c'étoit un autre officier du roi, qui venoit de la part d'Astarbé.

Cette femme étoit belle comme une déesse; elle joignoit aux charmes du corps tous ceux de l'esprit; elle étoit enjouée, flatteuse, insinuante. Avec tant de charmes trompeurs elle avoit, comme les Sirenes, un cœur cruel et plein de malignité; mais elle savoit cacher ses sentiments corrompus, par un profond artifice. Elle avoit su gagner le cœur de Pygmalion par sa beauté, par son esprit, par sa douce voix, et par l'harmonie de sa lyre. Pygmalion, aveuglé par un violent amour pour elle, avoit abandonné la reine Topha, son épouse. Il ne songeoit qu'à contenter les passions de l'ambitieuse Astarbé : l'amour de cette femme ne lui étoit guere moins funeste que son infâme avarice. Mais quoiqu'il eût tant de passion pour elle, elle n'avoit pour lui que du mépris et du dégoût : elle cachoit ses vrais sentiments; et elle faisoit semblant de ne vouloir vivre que pour lui, dans le temps même où elle ne pouvoit le souffrir.

Il y avoit à Tyr un jeune Lydien, nommé Malachon, d'une merveilleuse beauté, mais mou, efféminé, noyé dans les plaisirs. Il ne songeoit qu'à conserver la délicatesse de son teint, qu'à peigner ses cheveux blonds flottant sur ses épaules, qu'à se parfumer, qu'à donner un tour gracieux aux plis de sa robe, enfin qu'à chanter ses amours sur sa lyre. Astarbé le vit; elle l'aima, et en devint furieuse. Il la méprisa, parcequ'il étoit passionné pour une autre femme. D'ailleurs il craignit de s'exposer à la cruelle jalousie du roi. Astarbé, se sentant méprisée, s'abandonna à son ressentiment. Dans son désespoir, elle s'imagina qu'elle pouvoit faire passer Malachon pour l'étranger que le roi faisoit chercher, et qu'on disoit qui étoit venu avec Narbal.

En effet, elle le persuada à Pygmalion, et corrompit tous ceux qui auroient pu le détromper. Comme il n'aimoit point les hommes vertueux, et qu'il ne savoit point les discerner, il n'étoit environné que de gens intéressés, artificieux, prêts à exécuter ses ordres injustes et sanguinaires. De telles gens craignoient l'autorité d'Astarbé, et ils lui aidoient à tromper le roi, de peur de déplaire à cette femme hautaine qui avoit toute sa confiance. Ainsi Malachon, quoique connu pour Lydien dans toute la ville, passa pour le jeune étranger que Narbal avoit amené d'Égypte : il fut mis en prison.

Astarbé, qui craignoit que Narbal n'allât parler au roi et ne découvrît son imposture, envoya en diligence à Narbal cet officier, qui lui dit ces paroles : Astarbé vous défend de découvrir au roi quel est votre étranger ; elle ne vous demande que le silence, et elle saura bien faire en sorte que le roi soit content de vous : cependant hâtez-vous de faire embarquer avec les Cypriens le jeune étranger que vous avez amené d'Égypte, afin qu'on ne le voie plus dans la ville. Narbal, ravi de pouvoir ainsi sauver sa vie et la mienne, promit de se taire ; et l'officier, satisfait d'avoir obtenu ce qu'il demandoit, s'en retourna rendre compte à Astarbé de sa commission.

Narbal et moi nous admirâmes la bonté des dieux, qui récompensoient notre sincérité, et qui ont un soin si touchant de ceux qui hasardent tout pour la vertu.

Nous regardions avec horreur un roi livré à l'avarice et à la volupté. Celui qui craint avec tant d'excès d'être trompé, disions-nous, mérite de l'être, et l'est presque toujours grossièrement. Il se défie des gens de bien et s'abandonne à des scélérats : il est le seul qui ignore ce qui se passe. Voyez Pygmalion ; il est le jouet d'une femme sans pudeur. Cependant les dieux se servent du mensonge des méchants pour sauver les bons, qui aiment mieux perdre la vie que de mentir.

En même temps nous apperçûmes que les vents changeoient, et qu'ils devenoient favorables aux vaisseaux de Cypre. Les dieux se déclarent ! s'écria Narbal ; ils veulent, mon cher Télémaque, vous mettre en sûreté : fuyez cette terre cruelle et maudite. Heureux qui pourroit vous suivre jusques dans les rivages les plus inconnus ! heureux qui pourroit vivre et mourir avec vous ! Mais un destin sévere m'attache à cette malheureuse patrie ; il faut souffrir avec elle : peut-être faudra-t-il être enseveli dans ses ruines ; n'importe, pourvu que je dise toujours la vérité, et que mon cœur n'aime que la justice. Pour vous, ô mon cher Télémaque, je prie les dieux, qui vous conduisent comme par la main, de vous accorder le plus précieux de tous les dons, qui est la vertu pure et sans tache, jusqu'à la mort. Vivez, retournez en Ithaque, consolez Pénélope, délivrez-la de ses téméraires amants. Que vos yeux puissent voir, que vos mains puissent embrasser, le sage Ulysse ; et qu'il trouve en vous un fils qui égale sa sagesse ! Mais dans votre bonheur souvenez-vous du malheureux Narbal, et ne cessez jamais de m'aimer.

Quand il eut achevé ces paroles, je l'arrosai de mes larmes sans lui répondre : de profonds soupirs m'empêchoient de parler : nous nous embrassions en silence. Il me mena jusqu'au vaisseau; il demeura sur le rivage; et quand le vaisseau fut parti, nous ne cessions de nous regarder tandis que nous pûmes nous voir.

FIN DU LIVRE TROISIEME.

SOMMAIRE

DU LIVRE QUATRIEME.

Calypso interrompt Télémaque pour le faire reposer. Mentor le blâme en secret d'avoir entrepris le récit de ses aventures, et lui conseille de les achever, puisqu'il les a commencées. Télémaque raconte que, pendant sa navigation depuis Tyr jusqu'en l'isle de Cypre, il avoit eu un songe où il avoit vu Vénus et Cupidon, contre qui Minerve le protégeoit; qu'ensuite il avoit cru voir aussi Mentor qui l'exhortoit à fuir l'isle de Cypre; qu'à son réveil une tempête auroit fait périr le vaisseau s'il n'eût pris lui-même le gouvernail, parceque les Cypriens, noyés dans le vin, étoient hors d'état de le sauver; qu'à son arrivée dans l'isle il avoit vu avec horreur les exemples les plus contagieux; mais que le Syrien Hazael, dont Mentor étoit devenu l'esclave, se trouvant alors au même lieu, lui avoit rendu ce sage conducteur, et les avoit embarqués dans son vaisseau pour les mener en Crete; et que, dans ce trajet, ils avoient vu le beau spectacle d'Amphitrite traînée dans son char par des chevaux marins.

LIVRE QUATRIEME

CALYPSO, qui avoit été jusqu'à ce moment immobile et transportée de plaisir en écoutant les aventures de Télémaque, l'interrompit pour lui faire prendre quelque repos. Il est temps, lui dit-elle, que vous alliez goûter la douceur du sommeil après tant de travaux. Vous n'avez rien à craindre ici : tout vous est favorable. Abandonnez-vous donc à la joie; goûtez la paix et tous les autres dons des dieux, dont vous allez être comblé. Demain, quand l'Aurore avec ses doigts de roses entr'ouvrira les portes dorées de l'Orient, et que les chevaux du Soleil, sortant de l'onde amere, répandront les flammes du jour pour chasser devant eux toutes les étoiles du ciel, nous reprendrons, mon cher Télémaque, l'histoire de vos malheurs. Jamais votre pere n'a égalé votre sagesse et votre courage : ni Achille, vainqueur d'Hector, ni Thésée, revenu des enfers, ni même le grand Alcide, qui a purgé la terre de tant de monstres, n'ont fait voir autant de force et de vertu que vous. Je souhaite qu'un profond sommeil vous rende cette nuit courte. Mais, hélas! qu'elle sera longue pour moi! qu'il me tardera de vous revoir, de vous entendre, de vous faire redire ce que je sais déja, et de vous demander ce que je ne sais pas encore! Allez, mon cher Télémaque, avec le sage Mentor que les dieux vous ont rendu, allez dans cette grotte écartée, où tout est préparé pour votre repos. Je prie Morphée de répandre ses plus doux charmes sur vos paupieres appesanties, de faire couler une vapeur divine dans tous vos membres fatigués, et de vous envoyer des songes légers, qui, voltigeant autour de vous, flattent vos sens par les images les plus riantes, et repoussent loin de vous tout ce qui pourroit vous réveiller trop promptement.

La déesse conduisit elle-même Télémaque dans une grotte séparée de la sienne. Elle n'étoit ni moins rustique ni moins agréable. Une fontaine, qui couloit dans un coin, y faisoit un doux murmure qui appelloit le sommeil. Les nymphes y avoient préparé deux lits d'une molle verdure, sur lesquels elles avoient étendu deux grandes peaux, l'une de lion pour Télémaque, et l'autre d'ours pour Mentor.

Avant que de laisser fermer ses yeux au sommeil, Mentor parla ainsi à Télémaque : Le plaisir de raconter vos histoires vous a entraîné ; vous avez charmé la déesse en lui expliquant les dangers dont votre courage et votre industrie vous ont tiré : par là vous n'avez fait qu'enflammer davantage son cœur, et que vous préparer une plus dangereuse captivité. Comment espérez-vous qu'elle vous laisse maintenant sortir de son isle, vous qui l'avez enchantée par le récit de vos aventures? L'amour d'une vaine gloire vous a fait parler sans prudence. Elle s'étoit engagée à vous raconter des histoires, et à vous apprendre quelle a été la destinée d'Ulysse; elle a trouvé moyen de parler long-temps sans rien dire; et elle vous a engagé à lui expliquer tout ce qu'elle desire savoir: tel est l'art des femmes flatteuses et passionnées. Quand est-ce, ô Télémaque, que vous serez assez sage pour ne jamais parler par vanité; et que vous saurez taire tout ce qui vous est avantageux, quand il n'est pas utile à dire? Les autres admirent votre sagesse dans un âge où il est pardonnable d'en manquer: pour moi, je ne puis vous pardonner rien; je suis le seul qui vous connoisse, et qui vous aime assez pour vous avertir de toutes vos fautes. Combien êtes-vous encore éloigné de la sagesse de votre pere !

Quoi donc ! répondit Télémaque, pouvois-je refuser à Calypso de lui raconter mes malheurs ? Non, reprit Mentor : il falloit les lui raconter ; mais vous deviez le faire en ne lui disant que ce qui pouvoit lui donner de la compassion. Vous pouviez lui dire que vous aviez été, tantôt errant, tantôt captif en Sicile, puis en Égypte. C'étoit lui dire assez : et tout le reste n'a servi qu'à augmenter le poison qui brûle déja son cœur. Plaise aux dieux que le vôtre puisse s'en préserver !

Mais que ferai-je donc ? continua Télémaque d'un ton modéré et docile. Il n'est plus temps, repartit Mentor, de lui cacher ce qui reste de vos aventures : elle en sait assez pour ne pouvoir être trompée sur ce qu'elle ne sait pas encore ; votre réserve ne serviroit qu'à l'irriter. Achevez donc demain de lui raconter tout ce que les dieux ont fait en votre faveur, et apprenez une autre fois à parler plus sobrement de tout ce qui peut vous attirer quelque louange.

Télémaque reçut avec amitié un si bon conseil; et ils se coucherent.

Aussitôt que Phébus eut répandu ses premiers rayons sur la terre, Mentor, entendant la voix de la déesse qui appelloit ses nymphes dans le bois, éveilla Télémaque. Il est temps, lui dit-il, de vaincre le sommeil. Allons retrouver Calypso: mais défiez-vous de ses douces paroles; ne lui ouvrez jamais votre cœur; craignez le poison flatteur de ses louanges. Hier elle vous élevoit au-dessus de votre sage pere, de l'invincible Achille, du fameux Thésée, d'Hercule devenu immortel. Sentîtes-vous combien cette louange est excessive? Crûtes-vous ce qu'elle disoit?

Sachez qu'elle ne le croit pas elle-même : elle ne vous loue qu'à cause qu'elle vous croit foible et assez vain pour vous laisser tromper par des louanges disproportionnées à vos actions.

Après ces paroles, ils allerent au lieu où la déesse les attendoit. Elle sourit en les voyant, et cacha, sous une apparence de joie, la crainte et l'inquiétude qui troubloient son cœur ; car elle prévoyoit que Télémaque, conduit par Mentor, lui échapperoit de même qu'Ulysse. Hâtez-vous, dit-elle, mon cher Télémaque, de satisfaire ma curiosité ; j'ai cru, pendant toute la nuit, vous voir partir de Phénicie et chercher une nouvelle destinée dans l'isle de Cypre : dites-nous donc quel fut ce voyage, et ne perdons pas un moment. Alors on s'assit sur l'herbe semée de violettes, à l'ombre d'un bocage épais.

Calypso ne pouvoit s'empêcher de jetter sans cesse des regards tendres et passionnés sur Télémaque, et de voir avec indignation que Mentor observoit jusqu'au moindre mouvement de ses yeux. Cependant toutes les nymphes en silence se penchoient pour prêter l'oreille, et faisoient une espece de demi-cercle pour mieux écouter et pour mieux voir : les yeux de toute l'assemblée étoient immobiles et attachés sur le jeune homme.

Télémaque, baissant les yeux et rougissant avec beaucoup de grace, reprit ainsi la suite de son histoire :

A peine le doux souffle d'un vent favorable avoit rempli nos voiles, que la terre de Phénicie disparut à nos yeux. Comme j'étois avec les Cypriens, dont j'ignorois les mœurs, je me résolus de me taire, de remarquer tout, et d'observer toutes les regles de la discrétion pour gagner leur estime. Mais pendant mon silence un sommeil doux et puissant vint me saisir : mes sens étoient liés et suspendus; je goûtois une paix et une joie profonde qui enivroit mon cœur.

Tout-à-coup je crus voir Vénus qui fendoit les nues dans son char volant conduit par deux colombes. Elle avoit cette éclatante beauté, cette vive jeunesse, ces graces tendres, qui parurent en elle quand elle sortit de l'écume de l'Océan et qu'elle éblouit les yeux de Jupiter même. Elle descendit d'un vol rapide jusqu'auprès de moi, me mit en souriant la main sur l'épaule, et, me nommant par mon nom, prononça ces paroles : Jeune Grec, tu vas entrer dans mon empire ; tu arriveras bientôt dans cette isle fortunée où les plaisirs, les ris, les jeux folâtres, naissent sous mes pas Là, tu brûleras des parfums sur mes autels ; là, je te plongerai dans un fleuve de délices. Ouvre ton cœur aux plus douces espérances ; et garde-toi bien de résister à la plus puissante de toutes les déesses, qui veut te rendre heureux.

En même temps j'apperçus l'enfant Cupidon, dont les petites ailes s'agitant le faisoient voler autour de sa mere. Quoiqu'il eût sur son visage la tendresse, les graces et l'enjouement de l'enfance, il avoit je ne sais quoi dans ses yeux perçants qui me faisoit peur. Il rioit en me regardant : son ris étoit malin, moqueur et cruel. Il tira de son carquois d'or la plus aiguë de ses fleches, il banda son arc, et alloit me percer, quand Minerve se montra soudainement pour me couvrir de son égide. Le visage de cette déesse n'avoit point cette beauté molle et cette langueur passionnée que j'avois remarquées dans le visage et dans la posture de Vénus. C'étoit au contraire une beauté simple, négligée, modeste : tout étoit grave, vigoureux, noble, plein de force et de majesté. La fleche de Cupidon, ne pouvant percer l'égide, tomba par terre. Cupidon, indigné, en soupira amèrement; il eut honte de se voir vaincu. Loin d'ici, s'écria Minerve, loin d'ici, téméraire enfant! tu ne vaincras jamais que des ames lâches, qui aiment mieux tes honteux plaisirs que la sagesse, la vertu et la gloire.

A ces mots l'Amour irrité s'envola; et Vénus remontant vers l'Olympe, je vis long-temps son char avec ses deux colombes dans une nuée d'or et d'azur; puis elle disparut. En baissant mes yeux vers la terre, je ne retrouvai plus Minerve.

Il me sembla que j'étois transporté dans un jardin délicieux, tel qu'on dépeint les champs élysées. En ce lieu je reconnus Mentor, qui me dit : Fuyez cette cruelle terre, cette isle empestée, où l'on ne respire que la volupté. La vertu la plus courageuse y doit trembler, et ne se peut sauver qu'en fuyant.

Dès que je le vis je voulus me jetter à son cou pour l'embrasser; mais je sentois que mes pieds ne pouvoient se mouvoir, que mes genoux se déroboient sous moi, et que mes mains, s'efforçant de saisir Mentor, cherchoient une ombre vaine qui m'échappoit toujours. Dans cet effort je m'éveillai; et je connus que ce songe mystérieux étoit un avertissement divin. Je me sentis plein de courage contre les plaisirs, et de défiance contre moi-même pour détester la vie molle des Cypriens. Mais ce qui me perça le cœur fut que je crus que Mentor avoit perdu la vie, et qu'ayant passé les ondes du Styx il habitoit l'heureux séjour des ames justes.

Cette pensée me fit répandre un torrent de larmes. On me demanda pourquoi je pleurois. Les larmes, répondis-je, ne conviennent que trop à un malheureux étranger qui erre sans espérance de revoir sa patrie. Cependant tous les Cypriens qui étoient dans le vaisseau s'abandonnoient à une folle joie. Les rameurs, ennemis du travail, s'endormoient sur leurs rames ; le pilote, couronné de fleurs, laissoit le gouvernail, et tenoit en sa main une grande cruche de vin qu'il avoit presque vuidée : lui et tous les autres, troublés par la fureur de Bacchus, chantoient à l'honneur de Vénus et de Cupidon des vers qui devoient faire horreur à tous ceux qui aiment la vertu.

Pendant qu'ils oublioient ainsi les dangers de la mer, une soudaine tempête troubla le ciel et la mer. Les vents déchaînés mugissoient avec fureur dans les voiles ; les ondes noires battoient les flancs du navire, qui gémissoit sous leurs coups. Tantôt nous montions sur le dos des vagues enflées, tantôt la mer sembloit se dérober sous le navire et nous précipiter dans l'abîme. Nous appercevions auprès de nous des rochers contre lesquels les flots irrités se brisoient avec un bruit horrible. Alors je compris par expérience ce que j'avois souvent ouï dire à Mentor, que les hommes mous et abandonnés aux plaisirs manquent de courage dans les dangers. Tous nos Cypriens abattus pleuroient comme des femmes; je n'entendois que des cris pitoyables, que des regrets sur les délices de la vie, que de vaines promesses aux dieux pour leur faire des sacrifices si on pouvoit arriver au port. Personne ne conservoit assez de présence d'esprit, ni pour ordonner les manœuvres, ni pour les faire. Il me parut que je devois, en sauvant ma vie, sauver celle des autres. Je pris le gouvernail en main, parceque le pilote, troublé par le vin comme une Bacchante, étoit hors d'état de connoître le danger du vaisseau : j'encourageai les matelots effrayés; je leur fis abaisser les voiles; ils ramerent vigoureusement : nous passâmes au travers des écueils, et nous vîmes de près toutes les horreurs de la mort.

Cette aventure parut comme un songe à tous ceux qui me devoient la conservation de leur vie ; ils me regardoient avec étonnement. Nous arrivâmes en l'isle de Cypre au mois du printemps qui est consacré à Vénus. Cette saison, disoient les Cypriens, convient à cette déesse : car elle semble animer toute la nature, et faire naître les plaisirs comme les fleurs.

En arrivant dans l'isle, je sentis un air doux qui rendoit les corps lâches et paresseux, mais qui inspiroit une humeur enjouée et folâtre. Je remarquai que la campagne, naturellement fertile et agréable, étoit presque inculte, tant les habitants étoient ennemis du travail. Je vis de tous côtés des femmes et de jeunes filles vainement parées qui alloient, en chantant les louanges de Vénus, se dévouer à son temple. La beauté, les graces, la joie, les plaisirs, éclatoient également sur leurs visages, mais les graces y étoient affectées. On n'y voyoit point une noble simplicité et une pudeur aimable, qui fait le plus grand charme de la beauté. L'air de mollesse, l'art de composer leurs visages, leur parure vaine, leur démarche languissante, leurs regards qui sembloient chercher ceux des hommes, leur jalousie entre elles pour allumer de grandes passions, en un mot, tout ce que je voyois dans ces femmes me sembloit vil et méprisable : à force de vouloir plaire, elles me dégoûtoient.

On me conduisit au temple de la déesse : elle en a plusieurs dans cette isle; car elle est particulièrement adorée à Cythere, à Idalie, et à Paphos : c'est à Cythere que je fus conduit. Le temple est tout de marbre; c'est un parfait péristyle : les colonnes sont d'une grosseur et d'une hauteur qui rendent cet édifice très majestueux : au-dessus de l'architrave et de la frise sont à chaque face de grands frontons où l'on voit en bas-relief toutes les plus agréables aventures de la déesse. A la porte du temple est sans cesse une foule de peuples qui viennent faire leurs offrandes.

On n'égorge jamais, dans l'enceinte du lieu sacré, aucune victime ; on n'y brûle point, comme ailleurs, la graisse des génisses et des taureaux ; on n'y répand jamais leur sang : on présente seulement devant l'autel les bêtes qu'on offre ; et on n'en peut offrir aucune qui ne soit jeune, blanche, sans défaut et sans tache : on les couvre de bandelettes de pourpre brodées d'or : leurs cornes sont dorées et ornées de bouquets de fleurs odoriférantes. Après qu'elles ont été présentées devant l'autel, on les renvoie dans un lieu écarté, où elles sont égorgées pour les festins des prêtres de la déesse.

On offre aussi toutes sortes de liqueurs parfumées et du vin plus doux que le nectar. Les prêtres sont revêtus de longues robes blanches avec des ceintures d'or et des franges de même au bas de leurs robes. On brûle nuit et jour sur les autels les parfums les plus exquis de l'Orient, et ils forment une espece de nuage qui monte vers le ciel. Toutes les colonnes du temple sont ornées de festons pendants ; tous les vases qui servent au sacrifice sont d'or ; un bois sacré de myrtes environne le bâtiment. Il n'y a que de jeunes garçons et de jeunes filles d'une rare beauté qui puissent présenter les victimes aux prêtres et qui osent allumer le feu des autels. Mais l'impudence et la dissolution déshonorent un temple si magnifique.

D'abord j'eus horreur de tout ce que

je voyois; mais insensiblement je commençois à m'y accoutumer. Le vice ne m'effrayoit plus; toutes les compagnies m'inspiroient je ne sais quelle inclination pour le désordre. On se moquoit de mon innocence; ma retenue et ma pudeur servoient de jouet à ces peuples effrontés. On n'oublioit rien pour exciter toutes mes passions, pour me tendre des pieges, et pour réveiller en moi le goût des plaisirs. Je me sentois affoiblir tous les jours; la bonne éducation que j'avois reçue ne me soutenoit presque plus; toutes mes bonnes résolutions s'évanouissoient; je ne me sentois plus la force de résister au mal qui me pressoit de tous côtés; j'avois même une mauvaise honte de la vertu. J'étois comme un homme qui nage dans une riviere profonde et rapide : d'abord il fend les eaux et remonte contre le torrent; mais si les bords sont escarpés, et s'il ne peut se reposer sur le rivage, il se lasse enfin peu-à-peu, sa force l'abandonne, ses membres épuisés s'engourdissent, et le cours du fleuve l'entraîne.

Ainsi mes yeux commençoient à s'obscurcir, mon cœur tomboit en défaillance; je ne pouvois plus rappeller ni ma raison ni le souvenir des vertus de mon pere. Le songe où je croyois avoir vu le sage Mentor descendu aux champs élysées achevoit de me décourager : une secrete et douce langueur s'emparoit de moi. J'aimois déja le poison flatteur qui se glissoit de veine en veine et qui pénétroit jusqu'à la moëlle de mes os. Je poussois néanmoins encore de profonds soupirs ; je versois des larmes ameres ; je rugissois comme un lion, dans ma fureur. Ô malheureuse jeunesse! disois-je : ô dieux, qui vous jouez cruellement des hommes, pourquoi les faites-vous passer par cet âge, qui est un temps de folie et de fievre ardente? Oh! que ne suis-je couvert de cheveux blancs, courbé et proche du tombeau, comme Laërte, mon aïeul! la mort me seroit plus douce que la foiblesse honteuse où je me vois.

A peine avois-je ainsi parlé, que ma douleur s'adoucissoit, et que mon cœur, enivré d'une folle passion, secouoit presque toute pudeur : puis je me voyois replongé dans un abîme de remords. Pendant ce trouble, je courois errant çà et là dans le sacré bocage, semblable à une biche qu'un chasseur a blessée : elle court au travers des vastes forêts pour soulager sa douleur ; mais la fleche qui l'a percée dans le flanc la suit par-tout ; elle porte par-tout avec elle le trait meurtrier. Ainsi je courois en vain pour m'oublier moi-même ; et rien n'adoucissoit la plaie de mon cœur.

En ce moment j'apperçus assez loin de moi, dans l'ombre épaisse de ce bois, la figure du sage Mentor : mais son visage me parut si pâle, si triste et si austere, que je ne pus en ressentir aucune joie. Est-ce donc vous, m'écriai-je, ô mon cher ami, mon unique espérance? est-ce vous? quoi donc! est-ce vous-même? une image trompeuse ne vient-elle pas abuser mes yeux? est-ce vous, Mentor? n'est-ce point votre ombre encore sensible à mes maux? n'êtes-vous point au rang des ames heureuses qui jouissent de leur vertu, et à qui les dieux donnent des plaisirs purs dans une éternelle paix aux champs élysées? Parlez, Mentor, vivez-vous encore? Suis-je assez heureux pour vous posséder? ou bien n'est-ce qu'une ombre de mon ami? En disant ces paroles je courois vers lui, tout transporté, jusqu'à perdre la respiration. Il m'attendoit tranquillement sans faire un pas vers moi. Ô dieux! vous le savez, quelle fut ma joie quand je sentis que mes mains le touchoient! Non, ce n'est pas une vaine ombre! je le tiens, je l'embrasse, mon cher Mentor! C'est ainsi que je m'écriai. J'arrosai son visage d'un torrent de larmes; je demeurois attaché à son cou sans pouvoir parler. Il me regardoit tristement avec des yeux pleins d'une tendre compassion.

Enfin je lui dis : Hélas! d'où venez-vous? en quels dangers ne m'avez-vous point laissé pendant votre absence! et que ferois-je maintenant sans vous? Mais sans répondre à mes questions : Fuyez! me dit-il d'un ton terrible; fuyez! hâtez-vous de fuir! Ici la terre ne porte pour fruit que du poison; l'air qu'on respire est empesté; les hommes, contagieux, ne se parlent que pour se communiquer un venin mortel. La volupté lâche et infâme, qui est le plus horrible des maux sortis de la boîte de Pandore, amollit les cœurs, et ne souffre ici aucune vertu. Fuyez! que tardez-vous? ne regardez pas même derriere vous en fuyant : effacez jusques au moindre souvenir de cette isle exécrable.

Il dit : et aussitôt je sentis comme un nuage épais qui se dissipoit sur mes yeux et qui me laissoit voir la pure lumiere : une joie douce et pleine d'un ferme courage renaissoit dans mon cœur. Cette joie étoit bien différente de cette autre joie molle et folâtre dont mes sens avoient d'abord été empoisonnés : l'une est une joie d'ivresse et de trouble, qui est entrecoupée de passions furieuses et de cuisants remords : l'autre est une joie de raison, qui a quelque chose de bienheureux et de céleste ; elle est toujours pure et égale, rien ne peut l'épuiser ; plus on s'y plonge, plus elle est douce ; elle ravit l'ame sans la troubler. Alors je versai des larmes de joie, et je trouvois que rien n'étoit si doux que de pleurer ainsi. Ô heureux, disois-je, les hommes à qui la vertu se montre dans toute sa beauté ! peut-on la voir sans l'aimer ! peut-on l'aimer sans être heureux !

Mentor me dit : Il faut que je vous quitte ; je pars dans ce moment : il ne m'est pas permis de m'arrêter. Où allez-vous donc ? lui répondis-je : en quelle terre inhabitable ne vous suivrai-je point ? ne croyez pas pouvoir m'échapper ; je mourrai plutôt sur vos pas. En disant ces paroles je le tenois serré de toute ma force. C'est en vain, me dit-il, que vous espérez de me retenir. Le cruel Métophis me vendit à des Éthiopiens ou Arabes. Ceux-ci, étant allés à Damas en Syrie pour leur commerce, voulurent se défaire de moi, croyant en tirer une grande somme d'un nommé Hazael, qui cherchoit un esclave grec pour connoître les mœurs de la Grece et pour s'instruire de nos sciences. En effet Hazael m'acheta chèrement. Ce que je lui ai appris de nos mœurs lui a donné la curiosité de passer dans l'isle de Crete pour étudier les sages loix de Minos. Pendant notre navigation les vents nous ont contraints de relâcher dans l'isle de Cypre. En attendant un vent favorable, il est venu faire ses offrandes au temple : le voilà qui en sort; les vents nous appellent; déja nos voiles s'enflent. Adieu, cher Télémaque : un esclave qui craint les dieux doit suivre fidèlementson maître. Les dieux ne me permettent plus d'être à moi : si j'étois à moi, ils le savent, je ne serois qu'à vous seul. Adieu : souvenez-vous des travaux d'Ulysse et des larmes de Pénélope ; souvenez-vous des justes dieux. Ô dieux, protecteurs de l'innocence, en quelle terre suis-je contraint de laisser Télémaque !

Non, non, lui dis-je, mon cher Mentor, il ne dépendra pas de vous de me laisser ici : plutôt mourir que de vous voir partir sans moi. Ce maître syrien est-il impitoyable ? est-ce une tigresse dont il a sucé les mamelles dans son enfance ? voudra-t-il vous arracher d'entre mes bras ? Il faut qu'il me donne la mort, ou qu'il souffre que je vous suive. Vous m'exhortez vous-même à fuir, et vous ne voulez pas que je fuie en suivant vos pas ! Je vais parler à Hazael, il aura peut-être pitié de ma jeunesse et de mes larmes. Puisqu'il aime la sagesse et qu'il va si loin la chercher, il ne peut point avoir un cœur féroce et insensible : je me jetterai à ses pieds, j'embrasserai ses genoux, je ne le laisserai point aller qu'il ne m'ait accordé de vous suivre. Mon cher Mentor, je me ferai esclave avec vous ; je lui offrirai de me donner à lui : s'il me refuse, c'est fait de moi, je me délivrerai de la vie.

Dans ce moment Hazael appella Mentor; je me prosternai devant lui. Il fut surpris de voir un inconnu en cette posture : Que voulez-vous? me dit-il. La vie, répondis-je; car je ne puis vivre si vous ne souffrez que je suive Mentor, qui est à vous. Je suis le fils du grand Ulysse, le plus sage des rois de la Grece qui ont renversé la superbe ville de Troie, fameuse dans toute l'Asie. Je ne vous dis point ma naissance pour me vanter, mais seulement pour vous inspirer quelque pitié de mes malheurs. J'ai cherché mon pere par toutes les mers, ayant avec moi cet homme qui étoit pour moi un autre pere. La fortune, pour comble de maux, me l'a enlevé; elle l'a fait votre esclave : souffrez que je le sois aussi. S'il est vrai que vous aimiez la justice, et que vous alliez en Crete pour apprendre les loix du bon roi Minos, n'endurcissez point votre cœur contre mes soupirs et contre mes larmes. Vous voyez le fils d'un roi qui est réduit à demander la servitude comme son unique ressource. Autrefois j'ai voulu mourir en Sicile pour éviter l'esclavage; mais mes premiers malheurs n'étoient que de foibles essais des outrages de la fortune : maintenant je crains de ne pouvoir être reçu parmi vos esclaves. Ô dieux! voyez mes maux. Ô Hazael! souvenez-vous de Minos, dont vous admirez la sagesse, et qui nous jugera tous deux dans le royaume de Pluton.

Hazael, me regardant avec un visage doux et humain, me tendit la main et me releva. Je n'ignore pas, me dit-il, la sagesse et la vertu d'Ulysse : Mentor m'a raconté souvent quelle gloire il a acquise parmi les Grecs ; et d'ailleurs la prompte renommée a fait entendre son nom à tous les peuples de l'Orient. Suivez-moi, fils d'Ulysse ; je serai votre pere jusqu'à ce que vous ayez retrouvé celui qui vous a donné la vie. Quand même je ne serois pas touché de la gloire de votre pere, de ses malheurs et des vôtres, l'amitié que j'ai pour Mentor m'engageroit à prendre soin de vous. Il est vrai que je l'ai acheté comme esclave, mais je le garde comme un ami fidele. L'argent qu'il m'a coûté m'a acquis le plus cher et le plus précieux ami que j'aie sur la terre : j'ai trouvé en lui la sagesse ; je lui dois tout ce que j'ai d'amour pour la vertu. Dès ce moment il est libre; vous le serez aussi : je ne vous demande à l'un et à l'autre que votre cœur.

En un instant je passai de la plus amere douleur à la plus vive joie que les mortels puissent sentir. Je me voyois sauvé d'un horrible danger ; je m'approchois de mon pays ; je trouvois un secours pour y retourner ; je goûtois la consolation d'être auprès d'un homme qui m'aimoit déja par le pur amour de la vertu ; enfin je trouvois tout en retrouvant Mentor pour ne le plus quitter.

Hazael s'avance sur le sable du rivage ; nous le suivons. On entre dans le vaisseau ; les rameurs fendent les ondes paisibles : un zéphyr léger se joue dans nos voiles, il anime tout le vaisseau et lui donne un doux mouvement. L'isle de Cypre disparoît bientôt. Hazael, qui avoit impatience de connoître mes sentiments, me demanda ce que je pensois des mœurs de cette isle. Je lui dis ingénument en quels dangers ma jeunesse avoit été exposée, et le combat que j'avois souffert au-dedans de moi. Il fut touché de mon horreur pour le vice, et dit ces paroles: Ô Vénus, je reconnois votre puissance et celle de votre fils; j'ai brûlé de l'encens sur vos autels: mais souffrez que je déteste l'infâme mollesse des habitants de votre isle, et l'impudence brutale avec laquelle ils célebrent vos fêtes.

Ensuite il s'entretenoit avec Mentor de cette premiere puissance qui a formé le ciel et la terre; de cette lumiere infinie et immuable qui se donne à tous sans se partager; de cette vérité souveraine et universelle qui éclaire tous les esprits, comme le soleil éclaire tous les corps. Celui, disoit-il, qui n'a jamais vu cette lumiere pure est aveugle comme un aveugle-né : il passe sa vie dans une profonde nuit, comme les peuples que le soleil n'éclaire point pendant plusieurs mois de l'année ; il croit être sage, il est insensé ; il croit tout voir, et il ne voit rien ; il meurt, n'ayant jamais rien vu ; tout au plus il apperçoit de sombres et fausses lueurs, de vaines ombres, des fantômes qui n'ont rien de réel. Ainsi sont tous les hommes entraînés par le plaisir des sens et par le charme de l'imagination. Il n'y a point sur la terre de véritables hommes, excepté ceux qui consultent, qui aiment, qui suivent cette raison éternelle : c'est elle qui nous inspire quand nous pensons bien ; c'est elle qui nous reprend quand nous pensons mal. Nous ne tenons pas moins d'elle la raison que la vie. Elle est comme un grand océan de lumiere : nos esprits sont comme de petits ruisseaux qui en sortent, et qui y retournent pour s'y perdre.

Quoique je ne comprisse pas encore parfaitement la profonde sagesse de ce discours, je ne laissois pas d'y goûter je ne sais quoi de pur et de sublime: mon cœur en étoit échauffé; et la vérité me sembloit reluire dans toutes ces paroles. Ils continuerent à parler de l'origine des dieux, des héros, des poëtes, de l'âge d'or, du déluge, des premieres histoires du genre humain, du fleuve d'oubli où se plongent les ames des morts, des peines éternelles préparées aux impies dans le gouffre noir du tartare, et de cette heureuse paix dont jouissent les justes dans les champs élysées, sans crainte de pouvoir la perdre.

Pendant qu'Hazael et Mentor parloient, nous apperçûmes des dauphins couverts d'une écaille qui paroissoit d'or et d'azur. En se jouant ils soulevoient les flots avec beaucoup d'écume. Après eux venoient des tritons qui sonnoient de la trompette avec leurs conques recourbées. Ils environnoient le char d'Amphitrite, traîné par des chevaux marins plus blancs que la neige, et qui, fendant l'onde salée, laissoient loin derriere eux un vaste sillon dans la mer; leurs yeux étoient enflammés, et leurs bouches étoient fumantes. Le char de la déesse étoit une conque d'une merveilleuse figure ; elle étoit d'une blancheur plus éclatante que l'ivoire, et les roues étoient d'or. Ce char sembloit voler sur la face des eaux paisibles. Une troupe de nymphes couronnées de fleurs nageoient en foule derriere le char ; leurs beaux cheveux pendoient sur leurs épaules et flottoient au gré du vent. La déesse tenoit d'une main un sceptre d'or pour commander aux vagues, de l'autre elle portoit sur ses genoux le petit dieu Palémon son fils pendant à sa mamelle. Elle avoit un visage serein et une douce majesté qui faisoit fuir les vents séditieux et toutes les noires tempêtes. Les tritons conduisoient les chevaux et tenoient les rênes dorées. Une grande voile de pourpre flottoit dans l'air au-dessus du char; elle étoit à demi enflée par le souffle d'une multitude de petits zéphyrs qui s'efforçoient de la pousser par leurs haleines. On voyoit au milieu des airs Éole empressé, inquiet et ardent: son visage ridé et chagrin, sa voix menaçante, ses sourcils épais et pendants, ses yeux pleins d'un feu sombre et austere, tenoient en silence les fiers aquilons et repoussoient tous les nuages. Les immenses baleines et tous les monstres marins, faisant avec leurs narines un flux et un reflux de l'onde amere, sortoient à la hâte de leurs grottes profondes pour voir la déesse.

FIN DU LIVRE QUATRIEME.

SOMMAIRE

DU LIVRE CINQUIEME.

Télémaque raconte qu'en arrivant en Crete il apprit qu'Idoménée, roi de cette isle, avoit sacrifié son fils unique pour accomplir un vœu indiscret; que les Crétois, voulant venger le sang du fils, avoient réduit le pere à quitter leur pays; qu'après de longues incertitudes ils étoient actuellement assemblés pour élire un autre roi. Télémaque ajoute qu'il fut admis dans cette assemblée; qu'il y remporta les prix à divers jeux; qu'il expliqua les questions laissées par Minos dans le livre de ses loix; et que les vieillards juges de l'isle, et tous les peuples, voulurent le faire roi, voyant sa sagesse.

LIVRE CINQUIEME.

Après que nous eûmes admiré ce spectacle, nous commençâmes à découvrir les montagnes de Crete, que nous avions encore assez de peine à distinguer des nuées du ciel et des flots de la mer. Bientôt nous vîmes le sommet du mont Ida au-dessus des autres montagnes de l'isle, comme un vieux cerf dans une forêt porte son bois rameux au-dessus des têtes des jeunes faons dont il est suivi. Peu-à-peu nous vîmes plus distinctement les côtes de cette isle, qui se présentoient à nos yeux comme un amphithéâtre. Autant que la terre de Cypre nous avoit paru négligée et inculte, autant celle de Crete se montroit fertile et ornée de tous les fruits, par le travail de ses habitants.

De tous côtés nous remarquions des villages bien bâtis, des bourgs qui égaloient des villes, et des villes superbes. Nous ne trouvions aucun champ où la main du diligent laboureur ne fût imprimée; par-tout la charrue avoit laissé de creux sillons : les ronces, les épines et toutes les plantes qui occupent inutilement la terre, sont inconnues en ce pays. Nous considérions avec plaisir les creux vallons où les troupeaux de bœufs mugissoient dans les gras herbages le long des ruisseaux; les moutons paissant sur le penchant d'une colline; les vastes campagnes couvertes de jaunes épis, riches dons de la féconde Cérès; enfin, les montagnes ornées de pampres et de grappes d'un raisin déja coloré qui promettoit aux vendangeurs les doux présents de Bacchus pour charmer les soucis des hommes.

Mentor nous dit qu'il avoit été autrefois en Crete, et il nous expliqua ce qu'il en connoissoit. Cette isle, disoit-il, admirée de tous les étrangers, et fameuse par ses cent villes, nourrit sans peine tous ses habitants, quoiqu'ils soient innombrables. C'est que la terre ne se lasse jamais de répandre ses biens sur ceux qui la cultivent. Son sein fécond ne peut s'épuiser; plus il y a d'hommes dans un pays, pourvu qu'ils soient laborieux, plus ils jouissent de l'abondance. Ils n'ont jamais besoin d'être jaloux les uns des autres: la terre, cette bonne mere, multiplie ses dons selon le nombre de ses enfants qui méritent ses fruits par leur travail. L'ambition et l'avarice des hommes sont les seules sources de leur malheur: les hommes veulent tout avoir, et ils se rendent malheureux par le desir du superflu; s'ils vouloient vivre simplement, et se contenter de satisfaire aux vrais besoins, on verroit par-tout l'abondance, la joie, la paix et l'union.

C'est ce que Minos, le plus sage et le meilleur de tous les rois, avoit compris. Tout ce que vous verrez de plus merveilleux dans cette isle est le fruit de ses loix. L'éducation qu'il faisoit donner aux enfants rend les corps sains et robustes : on les accoutume d'abord à une vie simple, frugale et laborieuse: on suppose que toute volupté amollit le corps et l'esprit; on ne leur propose jamais d'autre plaisir que celui d'être invincibles par la vertu, et d'acquérir beaucoup de gloire. On ne met pas seulement ici le courage à mépriser la mort dans les dangers de la guerre, mais encore à fouler aux pieds les trop grandes richesses et les plaisirs honteux. Ici on punit trois vices qui sont impunis chez les autres peuples; l'ingratitude, la dissimulation, et l'avarice.

Pour le faste et la mollesse, on n'a jamais besoin de les réprimer, car ils sont inconnus en Crete. Tout le monde y travaille, et personne ne songe à s'y enrichir; chacun se croit assez payé de son travail par une vie douce et réglée, où l'on jouit en paix et avec abondance de tout ce qui est véritablement nécessaire à la vie. On n'y souffre ni meubles précieux, ni habits magnifiques, ni festins délicieux, ni palais dorés. Les habits sont de laine fine et de belles couleurs, mais tout unis et sans broderie. Les repas y sont sobres; on y boit peu de vin : le bon pain en fait la principale partie, avec les fruits que les arbres offrent comme d'eux-mêmes, et le lait des troupeaux. Tout au plus on y mange un peu de grosse viande sans ragoût; encore même a-t-on soin de réserver ce qu'il y a de meilleur dans les grands troupeaux de bœufs, pour faire fleurir l'agriculture. Les maisons y sont propres, commodes, riantes, mais sans ornements. La superbe architecture n'y est pas ignorée; mais elle est réservée pour les temples des dieux : et les hommes n'oseroient avoir des maisons semblables à celles des immortels. Les grands biens des Crétois sont la santé, la force, le courage, la paix et l'union des familles, la liberté de tous les citoyens, l'abondance des choses nécessaires, le mépris des superflues, l'habitude du travail et l'horreur de l'oisiveté, l'émulation pour la vertu, la soumission aux loix, et la crainte des justes dieux.

Je lui demandai en quoi consistoit l'autorité du roi; et il me répondit : Il peut tout sur les peuples; mais les loix peuvent tout sur lui. Il a une puissance absolue pour faire le bien, et les mains liées dès qu'il veut faire le mal. Les loix lui confient les peuples comme le plus précieux de tous les dépôts, à condition qu'il sera le pere de ses sujets. Elles veulent qu'un seul homme serve par sa sagesse et par sa modération à la félicité de tant d'hommes; et non pas que tant d'hommes servent, par leur misere et par leur servitude lâche, à flatter l'orgueil et la mollesse d'un seul homme. Le roi ne doit rien avoir au-dessus des autres, excepté ce qui est nécessaire ou pour le soulager dans ses pénibles fonctions, ou pour imprimer aux peuples le respect de celui qui doit soutenir les loix. D'ailleurs le roi doit être plus sobre, plus ennemi de la mollesse, plus exempt de faste et de hauteur, qu'aucun autre. Il ne doit point avoir plus de richesses et de plaisirs, mais plus de sagesse, de vertu et de gloire, que le reste des hommes. Il doit être au-dehors le défenseur de la patrie, en commandant les armées; et au-dedans le juge des peuples, pour les rendre bons, sages et heureux. Ce n'est point pour lui-même que les dieux l'ont fait roi; il ne l'est que pour être l'homme des peuples : c'est aux peuples qu'il doit tout son temps, tous ses soins, toute son affection; et il n'est digne de la royauté qu'autant qu'il s'oublie lui-même pour se sacrifier au bien public.

Minos n'a voulu que ses enfants régnassent après lui qu'à condition qu'ils régneroient suivant ces maximes : il aimoit encore plus son peuple que sa famille. C'est par une telle sagesse, qu'il a rendu la Crete si puissante et si heureuse; c'est par cette modération, qu'il a effacé la gloire de tous les conquérants qui veulent faire servir les peuples à leur propre grandeur, c'est-à-dire à leur vanité; enfin, c'est par sa justice, qu'il a mérité d'être, aux enfers, le souverain juge des morts.

Pendant que Mentor faisoit ce discours nous abordâmes dans l'isle. Nous vîmes le fameux labyrinthe, ouvrage des mains de l'ingénieux Dédale, et qui étoit une imitation du grand labyrinthe que nous avions vu en Égypte. Pendant que nous considérions ce curieux édifice, nous vîmes le peuple qui couvroit le rivage, et qui accouroit en foule dans un lieu assez voisin du bord de la mer. Nous demandâmes la cause de leur empressement; et voici ce qu'un Crétois, nommé Nausicrate, nous raconta :

Idoménée, fils de Deucalion et petit-fils de Minos, dit-il, étoit allé, comme les autres rois de la Grece, au siege de Troie. Après la ruine de cette ville, il fit voile pour revenir en Crete; mais la tempête fut si violente, que le pilote de son vaisseau, et tous les autres, qui étoient expérimentés dans la navigation, crurent que leur naufrage étoit inévitable. Chacun avoit la mort devant les yeux ; chacun voyoit les abîmes ouverts pour l'engloutir ; chacun déploroit son malheur, n'espérant pas même le triste repos des ombres qui traversent le Styx après avoir reçu la sépulture. Idoménée, levant les yeux et les mains vers le ciel, invoquoit Neptune : Ô puissant dieu, s'écrioit-il, toi qui tiens l'empire des ondes, daigne écouter un malheureux : si tu me fais revoir l'isle de Crete malgré la fureur des vents, je t'immolerai la premiere tête qui se présentera à mes yeux.

Cependant son fils, impatient de revoir son pere, se hâtoit d'aller au-devant de lui pour l'embrasser : malheureux, qui ne savoit pas que c'étoit courir à sa perte ! Le pere échappé à la tempête arrivoit dans le port desiré ; il remercioit Neptune d'avoir écouté ses vœux : mais bientôt il sentit combien ses vœux lui étoient funestes. Un pressentiment de son malheur lui donnoit un cuisant repentir de son vœu indiscret ; il craignoit d'arriver parmi les siens, et il appréhendoit de revoir ce qu'il avoit de plus cher au monde. Mais la cruelle Némésis, déesse impitoyable qui veille pour punir les hommes et sur-tout les rois orgueilleux, poussoit d'une main fatale et invisible Idoménée. Il arrive : à peine ose-t-il lever les yeux. Il voit son fils : il recule, saisi d'horreur ; ses yeux cherchent, mais en vain, quelque autre tête moins chere qui puisse lui servir de victime.

Cependant le fils se jette à son cou, et est tout étonné que son pere réponde si mal à sa tendresse ; il le voit fondant en larmes. Ô mon pere ! dit-il, d'où vient cette tristesse ? Après une si longue absence êtes-vous fâché de vous revoir dans votre royaume, et de faire la joie de votre fils ? Qu'ai-je fait ? vous détournez vos yeux de peur de me voir ! Le pere, accablé de douleur, ne répondit rien. Enfin, après de profonds soupirs, il dit : Ah ! Neptune, que t'ai-je promis ! à quel prix m'as-tu garanti du naufrage ! rends-moi aux vagues et aux rochers qui devoient en me brisant finir ma triste vie ; laisse vivre mon fils. Ô dieu cruel ! tiens, voilà mon sang, épargne le sien. En parlant ainsi il tira son épée pour se percer ; mais ceux qui étoient autour de lui arrêterent sa main.

Le vieillard Sophronyme, interprete des volontés des dieux, lui assura qu'il pourroit contenter Neptune sans donner la mort à son fils. Votre promesse, disoit-il, a été imprudente : les dieux ne veulent point être honorés par la cruauté ; gardez-vous bien d'ajouter à la faute de votre promesse celle de l'accomplir contre les loix de la nature. Offrez à Neptune cent taureaux plus blancs que la neige ; faites couler leur sang autour de son autel couronné de fleurs ; faites fumer un doux encens en l'honneur de ce dieu.

Idoménée écoutoit ce discours la tête baissée et sans répondre ; la fureur étoit allumée dans ses yeux ; son visage pâle et défiguré changeoit à tout moment de couleur ; on voyoit ses membres tremblants. Cependant son fils lui disoit : Me voici, mon pere ; votre fils est prêt à mourir pour appaiser le dieu ; n'attirez pas sur vous sa colere : je meurs content puisque ma mort vous aura garanti de la vôtre. Frappez, mon pere ; ne craignez point de trouver en moi un fils indigne de vous, qui craigne de mourir.

En ce moment Idoménée tout hors de lui, et comme déchiré par les furies infernales, surprend tous ceux qui l'observoient de près ; il enfonce son épée dans le cœur de cet enfant : il la retire toute fumante et pleine de sang pour la plonger dans ses propres entrailles ;

il est encore une fois retenu par ceux qui l'environnent.

L'enfant tombe dans son sang ; ses yeux se couvrent des ombres de la mort ; il les entr'ouvre à la lumiere, mais à peine l'a-t-il trouvée, qu'il ne peut plus la supporter. Tel qu'un beau lis au milieu des champs, coupé dans sa racine par le tranchant de la charrue, languit et ne se soutient plus ; il n'a point encore perdu cette vive blancheur et cet éclat qui charme les yeux, mais la terre ne le nourrit plus, et sa vie est éteinte : ainsi le fils d'Idoménée, comme une jeune et tendre fleur, est cruellement moissonné dès son premier âge.

Le pere, dans l'excès de sa douleur, devient insensible ; il ne sait où il est, ni ce qu'il a fait, ni ce qu'il doit faire ; il marche chancelant vers la ville, et demande son fils.

Cependant le peuple, touché de compassion pour l'enfant et d'horreur pour l'action barbare du pere, s'écrie que les dieux justes l'ont livré aux furies. La fureur leur fournit des armes; ils prennent des bâtons et des pierres; la discorde souffle dans tous les cœurs un venin mortel. Les Crétois, les sages Crétois, oublient la sagesse qu'ils ont tant aimée; ils ne reconnoissent plus le petit-fils du sage Minos. Les amis d'Idoménée ne trouvent plus de salut pour lui qu'en le ramenant vers ses vaisseaux : ils s'embarquent avec lui; ils fuient à la merci des ondes. Idoménée, revenant à soi, les remercie de l'avoir arraché d'une terre qu'il a arrosée du sang de son fils, et qu'il ne sauroit plus habiter. Les vents les conduisent vers l'Hespérie, et ils vont fonder un nouveau royaume dans le pays des Salentins.

Cependant les Crétois, n'ayant plus de roi pour les gouverner, ont résolu d'en choisir un qui conserve dans leur pureté les loix établies. Voici les mesures qu'ils ont prises pour faire ce choix. Tous les principaux citoyens des cent villes sont assemblés ici. On a déja commencé par des sacrifices; on a assemblé tous les sages les plus fameux des pays voisins pour examiner la sagesse de ceux qui paroîtront dignes de commander. On a préparé des jeux publics où tous les prétendants combattront; car on veut donner pour prix la royauté à celui qu'on jugera vainqueur de tous les autres et pour l'esprit et pour le corps. On veut un roi dont le corps soit fort et adroit, et dont l'ame soit ornée de la sagesse et de la vertu. On appelle ici tous les étrangers.

Après nous avoir raconté toute cette histoire étonnante, Nausicrate nous dit: Hâtez-vous donc, ô étrangers, de venir dans notre assemblée: vous combattrez avec les autres; et si les dieux destinent la victoire à l'un de vous, il régnera en ce pays. Nous le suivîmes, sans aucun desir de vaincre, mais par la seule curiosité de voir une chose si extraordinaire.

Nous arrivâmes à une espece de cirque très vaste, environné d'une épaisse forêt : le milieu du cirque étoit une arene préparée pour les combattants ; elle étoit bordée par un grand amphithéâtre d'un gazon frais sur lequel étoit assis et rangé un peuple innombrable. Quand nous arrivâmes on nous reçut avec honneur ; car les Crétois sont les peuples du monde qui exercent le plus noblement et avec le plus de religion l'hospitalité. On nous fit asseoir, et on nous invita à combattre. Mentor s'en excusa sur son âge, et Hazael sur sa foible santé.

Ma jeunesse et ma vigueur m'ôtoient toute excuse : je jettai néanmoins un coup-d'œil sur Mentor pour découvrir sa pensée ; et j'apperçus qu'il souhaitoit que je combattisse. J'acceptai donc l'offre qu'on me faisoit. Je me dépouillai de mes habits ; on fit couler des flots d'huile douce et luisante sur tous les membres de mon corps ; et je me mêlai parmi les combattants. On dit de tous côtés que c'étoit le fils d'Ulysse qui étoit venu pour tâcher de remporter le prix ; et plusieurs Crétois, qui avoient été à Ithaque pendant mon enfance, me reconnurent.

Le premier combat fut celui de la lutte. Un Rhodien d'environ trente-cinq ans surmonta tous les autres qui oserent se présenter à lui. Il étoit encore dans toute la vigueur de la jeunesse : ses bras étoient nerveux et bien nourris ; au moindre mouvement qu'il faisoit on voyoit tous ses muscles : il étoit également souple et fort. Je ne lui parus pas digne d'être vaincu ; et, regardant avec pitié ma tendre jeunesse, il voulut se retirer : mais je me présentai à lui. Alors nous nous saisîmes l'un l'autre ; nous nous serrâmes à perdre la respiration. Nous étions épaule contre épaule, pied contre pied, tous les nerfs tendus, et les bras entrelacés comme des serpents, chacun s'efforçant d'enlever de terre son ennemi. Tantôt il essayoit de me surprendre en me poussant du côté droit, tantôt il s'efforçoit de me pencher du côté gauche. Pendant qu'il me tâtoit ainsi, je le poussai avec tant de violence, que ses reins plierent : il tomba sur l'arene, et m'entraîna sur lui. En vain il tâcha de me mettre dessous ; je le tins immobile sous moi. Tout le peuple cria : Victoire au fils d'Ulysse ! Et j'aidai au Rhodien confus à se relever.

Le combat du ceste fut plus difficile. Le fils d'un riche citoyen de Samos avoit acquis une haute réputation dans ce genre de combat. Tous les autres lui céderent; il n'y eut que moi qui espérai la victoire. D'abord il me donna dans la tête, et puis dans l'estomac, des coups qui me firent vomir le sang, et qui répandirent sur mes yeux un épais nuage. Je chancelai; il me pressoit, et je ne pouvois plus respirer: mais je fus ranimé par la voix de Mentor, qui me crioit: Ô fils d'Ulysse, seriez-vous vaincu! La colere me donna de nouvelles forces; j'évitai plusieurs coups dont j'aurois été accablé. Aussitôt que le Samien m'avoit porté un faux coup et que son bras s'alongeoit en vain, je le surprenois dans cette posture penchée: déja il reculoit, quand je haussai mon ceste pour tomber sur lui avec plus de force: il voulut esquiver, et perdant l'équilibre, il me donna le moyen de le renverser. A peine fut-il étendu par terre, que je lui tendis la main pour le relever. Il se redressa lui-même, couvert de poussiere et de sang : sa honte fut extrême ; mais il n'osa renouveller le combat.

Aussitôt on commença la course des chariots, que l'on distribua au sort. Le mien se trouva le moindre pour la légèreté des roues et pour la vigueur des chevaux. Nous partons : un nuage de poussiere vole et couvre le ciel. Au commencement je laissai les autres passer devant moi. Un jeune Lacédémonien, nommé Crantor, laissoit d'abord tous les autres derriere lui. Un Crétois, nommé Polyclete, le suivoit de près. Hippomaque, parent d'Idoménée, et qui aspiroit à lui succéder, lâchant les rênes à ses chevaux fumants de sueur, étoit tout penché sur leurs crins flottants ; et le mouvement des roues de son chariot étoit si rapide, qu'elles paroissoient immobiles comme les ailes d'un aigle qui fend les airs. Mes chevaux s'animerent et se mirent peu-à-peu en haleine; je laissai loin derriere moi presque tous ceux qui étoient partis avec tant d'ardeur. Hippomaque, parent d'Idoménée, poussant trop ses chevaux, le plus vigoureux s'abattit, et par sa chûte il ôta à son maître l'espérance de régner.

Polyclete, se penchant trop sur ses chevaux, ne put se tenir ferme dans une secousse; il tomba, les rênes lui échapperent; et il fut trop heureux de pouvoir éviter la mort. Crantor, voyant avec des yeux pleins d'indignation que j'étois tout auprès de lui, redoubla son ardeur : tantôt il invoquoit les dieux et leur promettoit de riches offrandes; tantôt il parloit à ses chevaux pour les animer. Il craignoit que je ne passasse entre la borne et lui; car mes chevaux, mieux ménagés que les siens, étoient en état de le devancer : il ne lui restoit plus d'autre ressource que celle de me fermer le passage. Pour y réussir, il hasarda de se briser contre la borne; il y brisa effectivement sa roue. Je ne songeai qu'à faire promptement le tour pour n'être pas engagé dans son désordre; et il me vit un moment après au bout de la carriere. Le peuple s'écria encore une fois : Victoire au fils d'Ulysse! c'est lui que les dieux destinent à régner sur nous!

Cependant les plus illustres et les plus sages d'entre les Crétois nous conduisirent dans un bois antique et sacré, reculé de la vue des hommes profanes, où les vieillards que Minos avoit établis juges du peuple et gardes des loix nous assemblerent. Nous étions les mêmes qui avions combattu dans les jeux; nul autre n'y fut admis. Les sages ouvrirent le livre où toutes les loix de Minos sont recueillies. Je me sentis saisi de respect et de honte quand j'approchai de ces vieillards que l'âge rendoit vénérables sans leur ôter la vigueur de l'esprit. Ils étoient assis avec ordre, et immobiles dans leurs places : leurs cheveux étoient blancs ; plusieurs n'en avoient presque plus. On voyoit reluire sur leurs visages graves une sagesse douce et tranquille : ils ne se pressoient point de parler ; ils ne disoient que ce qu'ils avoient résolu de dire. Quand ils étoient d'avis différents, ils étoient si modérés à soutenir ce qu'ils pensoient de part et d'autre, qu'on auroit cru qu'ils étoient tous d'une même opinion. La longue expérience des choses passées, et l'habitude du travail, leur donnoient de grandes vues sur toutes choses : mais ce qui perfectionnoit le plus leur raison, c'étoit le calme de leur esprit délivré des folles passions et des caprices de la jeunesse. La sagesse toute seule agissoit en eux, et le fruit de leur longue vertu étoit d'avoir si bien domté leurs humeurs, qu'ils goûtoient sans peine le doux et noble plaisir d'écouter la raison. En les admirant je souhaitai que ma vie pût s'accourcir pour arriver tout-à-coup à une si estimable vieillesse. Je trouvois la jeunesse malheureuse d'être si impétueuse et si éloignée de cette vertu si éclairée et si tranquille.

Le premier d'entre ces vieillards ouvrit le livre des loix de Minos. C'étoit un grand livre qu'on tenoit d'ordinaire renfermé dans une cassette d'or avec des parfums. Tous ces vieillards le baiserent avec respect; car ils disent qu'après les dieux, de qui les bonnes loix viennent, rien ne doit être si sacré aux hommes que les loix destinées à les rendre bons, sages et heureux. Ceux qui ont dans leurs mains les loix pour gouverner les peuples doivent toujours se laisser gouverner eux-mêmes par les loix. C'est la loi et non pas l'homme qui doit régner. Tel étoit le discours de ces sages. Ensuite celui qui présidoit proposa trois questions, qui devoient être décidées par les maximes de Minos.

La premiere question étoit de savoir quel est le plus libre de tous les hommes. Les uns répondirent que c'étoit un roi qui avoit sur son peuple un empire absolu, et qui étoit victorieux de tous ses ennemis. D'autres soutinrent que c'étoit un homme si riche qu'il pouvoit contenter tous ses desirs. D'autres dirent que c'étoit un homme qui ne se marioit point, et qui voyageoit pendant toute sa vie en divers pays sans jamais être assujetti aux loix d'aucune nation. D'autres s'imaginerent que c'étoit un barbare, qui, vivant de sa chasse au milieu des bois, étoit indépendant de toute police et de tout besoin. D'autres crurent que c'étoit un homme nouvellement affranchi, parcequ'en sortant des rigueurs de la servitude il jouissoit plus qu'aucun autre des douceurs de la liberté. D'autres enfin s'aviserent de dire que c'étoit un homme mourant, parceque la mort le délivroit de tout, et que tous les hommes ensemble n'avoient plus aucun pouvoir sur lui.

Quand mon rang fut venu, je n'eus pas de peine à répondre, parceque je n'avois pas oublié ce que Mentor m'avoit dit souvent. Le plus libre de tous les hommes, répondis-je, est celui qui peut être libre dans l'esclavage même. En quelque pays et en quelque condition qu'on soit, on est très libre pourvu qu'on craigne les dieux, et qu'on ne craigne qu'eux. En un mot, l'homme véritablement libre est celui qui, dégagé de toute crainte et de tout desir, n'est soumis qu'aux dieux et à sa raison. Les vieillards s'entre-regarderent en souriant, et furent surpris de voir que ma réponse fût précisément celle de Minos.

Ensuite on proposa la seconde question en ces termes : Quel est le plus malheureux de tous les hommes? Chacun disoit ce qui lui venoit dans l'esprit. L'un disoit : C'est un homme qui n'a ni biens, ni santé, ni honneur. Un autre disoit : C'est un homme qui n'a aucun ami. D'autres soutenoient que c'est un homme qui a des enfants ingrats et indignes de lui. Il vint un sage de l'isle de Lesbos qui dit : Le plus malheureux de tous les hommes est celui qui croit l'être; car le malheur dépend moins des choses qu'on souffre, que de l'impatience avec laquelle on augmente son malheur.

A ces mots toute l'assemblée se récria : on applaudit ; et chacun crut que ce sage lesbien remporteroit le prix sur cette question. Mais on me demanda ma pensée ; et je répondis, suivant les maximes de Mentor : Le plus malheureux de tous les hommes est un roi qui croit être heureux en rendant les autres hommes misérables. Il est doublement malheureux par son aveuglement : ne connoissant pas son malheur, il ne peut s'en guérir ; il craint même de le connoître. La vérité ne peut percer la foule des flatteurs pour aller jusqu'à lui. Il est tyrannisé par ses passions ; il ne connoît point ses devoirs ; il n'a jamais goûté le plaisir de faire le bien, ni senti les charmes de la pure vertu. Il est malheureux, et digne de l'être : son malheur augmente tous les jours; il court à sa perte; et les dieux se préparent à le confondre par une punition éternelle. Toute l'assemblée avoua que j'avois vaincu le sage lesbien; et les vieillards déclarerent que j'avois rencontré le vrai sens de Minos.

Pour la troisieme question, on demanda : Lequel des deux est préférable; d'un côté, un roi conquérant et invincible dans la guerre; de l'autre, un roi sans expérience de la guerre, mais propre à policer sagement les peuples dans la paix? La plupart répondirent que le roi invincible dans la guerre étoit préférable. A quoi sert, disoient-ils, d'avoir un roi qui sache bien gouverner en paix, s'il ne sait pas défendre le pays quand la guerre vient? les ennemis le vaincront et réduiront son peuple en servitude. D'autres soutenoient, au contraire, que le roi pacifique seroit meilleur, parce-qu'il craindroit la guerre et l'éviteroit par ses soins. D'autres disoient qu'un roi conquérant travailleroit à la gloire de son peuple aussi-bien qu'à la sienne, et qu'il rendroit ses sujets maîtres des autres nations ; au lieu qu'un roi pacifique les tiendroit dans une honteuse lâcheté. On voulut savoir mon sentiment. Je répondis ainsi :

Un roi qui ne sait gouverner que dans la paix ou dans la guerre, et qui n'est pas capable de conduire son peuple dans ces deux états, n'est qu'à demi roi. Mais si vous comparez un roi qui ne sait que la guerre à un roi sage qui, sans savoir la guerre, est capable de la soutenir dans le besoin par ses généraux, je le trouve préférable à l'autre. Un roi entièrement tourné à la guerre voudroit toujours la faire pour étendre sa domination et sa gloire propre; il ruineroit son peuple. A quoi sert-il à un peuple que son roi subjugue d'autres nations, si on est malheureux sous son regne? D'ailleurs les longues guerres entraînent toujours après elles beaucoup de désordres; les victorieux mêmes se dereglent pendant ces temps de confusion. Voyez ce qu'il en coûte à la Grece pour avoir triomphé de Troie; elle a été privée de ses rois pendant plus de dix ans. Lorsque tout est en feu par la guerre, les loix, l'agriculture, les arts, languissent. Les meilleurs princes mêmes, pendant qu'ils ont une guerre à soutenir, sont contraints de faire le plus grand des maux, qui est de tolérer la licence, et de se servir des méchants. Combien y a-t-il de scélérats qu'on puniroit pendant la paix, et dont on a besoin de récompenser l'audace dans les désordres de la guerre ! Jamais aucun peuple n'a eu un roi conquérant sans avoir beaucoup souffert de son ambition. Un conquérant, enivré de sa gloire, ruine presque autant sa nation victorieuse que les nations vaincues. Un prince qui n'a point les qualités nécessaires pour la paix ne peut faire goûter à ses sujets les fruits d'une guerre heureusement finie : il est comme un homme qui défendroit son champ contre son voisin, et qui usurperoit celui du voisin même, mais qui ne sauroit ni labourer ni semer pour recueillir aucune moisson. Un tel homme semble né pour détruire, pour ravager, pour renverser le monde, et non pour rendre un peuple heureux par un sage gouvernement.

Venons maintenant au roi pacifique. Il est vrai qu'il n'est pas propre à de grandes conquêtes, c'est-à-dire qu'il n'est pas né pour troubler le bonheur de son peuple en voulant vaincre les autres nations que la justice ne lui a pas soumises : mais s'il est véritablement propre à gouverner en paix, il a toutes les qualités nécessaires pour mettre son peuple en sûreté contre ses ennemis. Voici comment : Il est juste, modéré, et commode à l'égard de ses voisins ; il n'entreprend jamais contre eux rien qui puisse troubler la paix : il est fidele dans ses alliances. Ses alliés l'aiment, ne le craignent point, et ont une entiere confiance en lui. S'il a quelque voisin inquiet, hautain et ambitieux, tous les autres rois voisins, qui craignent ce voisin inquiet, et qui n'ont aucune jalousie du roi pacifique, se joignent à ce bon roi pour l'empêcher d'être opprimé. Sa probité, sa bonne foi, sa modération, le rendent l'arbitre de tous les états qui environnent le sien. Pendant que le roi entreprenant est odieux à tous les autres, et sans cesse exposé à leurs ligues, celui-ci a la gloire d'être comme le pere et le tuteur de tous les autres rois. Voilà les avantages qu'il a au-dehors.

Ceux dont il jouit au-dedans sont encore plus solides. Puisqu'il est propre à gouverner en paix, je suppose qu'il gouverne par les plus sages loix. Il retranche le faste, la mollesse et tous les arts qui ne servent qu'à flatter les vices : il fait fleurir les autres arts qui sont utiles aux véritables besoins de la vie; sur-tout il applique ses sujets à l'agriculture. Par-là il les met dans l'abondance des choses nécessaires. Ce peuple laborieux, simple dans ses mœurs, accoutumé à vivre de peu, gagnant facilement sa vie par la culture de ses terres, se multiplie à l'infini. Voilà dans ce royaume un peuple innombrable, mais un peuple sain, vigoureux, robuste, qui n'est point amolli par les voluptés, qui est exercé à la vertu, qui n'est point attaché aux douceurs d'une vie lâche et délicieuse, qui sait mépriser la mort, qui aimeroit mieux mourir que de perdre cette liberté qu'il goûte sous un sage roi appliqué à ne régner que pour faire régner la raison. Qu'un conquérant voisin attaque ce peuple, il ne le trouvera peut-être pas assez accoutumé à camper, à se ranger en bataille, ou à dresser des machines pour assiéger une ville : mais il le trouvera invincible par sa multitude, par son courage, par sa patience dans les fatigues, par son habitude de souffrir la pauvreté, par sa vigueur dans les combats, et par une vertu que les mauvais succès mêmes ne peuvent abattre. D'ailleurs, si ce roi n'est pas assez expérimenté pour commander lui-même ses armées, il les fera commander par des gens qui en seront capables ; et il saura s'en servir sans perdre son autorité. Cependant il tirera du secours de ses alliés : ses sujets aimeront mieux mourir que de passer sous la domination d'un autre roi violent et injuste : les dieux mêmes combattront pour lui. Voyez quelles ressources il aura au milieu des plus grands périls !

Je conclus donc que le roi pacifique qui ignore la guerre est un roi très imparfait, puisqu'il ne sait point remplir une de ses plus grandes fonctions, qui est de vaincre ses ennemis : mais j'ajoute qu'il est néanmoins infiniment supérieur au roi conquérant qui manque des qualités nécessaires dans la paix, et qui n'est propre qu'à la guerre.

J'apperçus dans l'assemblée beaucoup de gens qui ne pouvoient goûter cet avis ; car la plupart des hommes, éblouis par les choses éclatantes, comme les victoires et les conquêtes, les préferent à ce qui est simple, tranquille et solide, comme la paix et la bonne police des peuples. Mais tous les vieillards déclarerent que j'avois parlé comme Minos.

Le premier de ces vieillards s'écria: Je vois l'accomplissement d'un oracle d'Apollon, connu dans toute notre isle. Minos avoit consulté le dieu pour savoir combien de temps sa race régneroit suivant les loix qu'il venoit d'établir. Le dieu lui répondit : Les tiens cesseront de régner quand un étranger entrera dans ton isle pour y faire régner tes loix. Nous avions craint que quelque étranger ne vînt faire la conquête de l'isle de Crete : mais le malheur d'Idoménée, et la sagesse du fils d'Ulysse qui entend mieux que nul autre mortel les loix de Minos, nous montrent le sens de l'oracle. Que tardons-nous à couronner celui que les destins nous donnent pour roi?

FIN DU LIVRE CINQUIEME.

SOMMAIRE

DU LIVRE SIXIEME.

Télémaque raconte qu'il refusa la royauté de Crete pour retourner en Ithaque : qu'il proposa d'élire Mentor, qui refusa aussi le diadême : qu'enfin l'assemblée pressant Mentor de choisir pour toute la nation, il leur avoit exposé ce qu'il venoit d'apprendre des vertus d'Aristodeme, qui fut proclamé roi au même moment : qu'ensuite Mentor et lui s'étoient embarqués pour aller en Ithaque; mais que Neptune, pour consoler Vénus irritée, leur avoit fait faire le naufrage après lequel la déesse Calypso venoit de les recevoir dans son isle.

LIVRE SIXIEME.

Aussitôt les vieillards sortent de l'enceinte du bois sacré; et le premier, me prenant par la main, annonça au peuple, déja impatient dans l'attente d'une décision, que j'avois remporté le prix. A peine acheva-t-il de parler, qu'on entendit un bruit confus de toute l'assemblée. Chacun pousse des cris de joie. Tout le rivage et toutes les montagnes voisines retentissent de ce cri: Que le fils d'Ulysse, semblable à Minos, regne sur les Crétois!

J'attendis un moment, et je faisois signe de la main pour demander qu'on m'écoutât. Cependant Mentor me disoit à l'oreille: Renoncez-vous à votre patrie? l'ambition de régner vous fera-t-elle oublier Pénélope qui vous attend comme sa derniere espérance, et le grand Ulysse que les dieux avoient résolu de vous rendre ? Ces paroles percerent mon cœur, et me soutinrent contre le vain desir de régner.

Cependant un profond silence de toute cette tumultueuse assemblée me donna le moyen de parler ainsi : Ô illustres Crétois ! je ne mérite point de vous commander. L'oracle qu'on vient de rapporter marque bien que la race de Minos cessera de régner quand un étranger entrera dans cette isle, et y fera régner les loix de ce sage roi : mais il n'est pas dit que cet étranger régnera. Je veux croire que je suis cet étranger marqué par l'oracle. J'ai accompli la prédiction ; je suis venu dans cette isle ; j'ai découvert le vrai sens des loix, et je souhaite que mon explication serve à les faire régner avec l'homme que vous choisirez. Pour moi, je préfere ma patrie, la pauvre petite isle d'Ithaque, aux cent villes de Crete, à la gloire et à l'opulence de ce beau royaume. Souffrez que je suive ce que les destins ont marqué. Si j'ai combattu dans vos jeux, ce n'étoit pas dans l'espérance de régner ici; c'étoit pour mériter votre estime et votre compassion; c'étoit afin que vous me donnassiez les moyens de retourner promptement au lieu de ma naissance. J'aime mieux obéir à mon pere Ulysse, et consoler ma mere Pénélope, que de régner sur tous les peuples de l'univers. Ô Crétois! vous voyez le fond de mon cœur : il faut que je vous quitte; mais la mort seule pourra finir ma reconnoissance. Oui, jusques au dernier soupir, Télémaque aimera les Crétois, et s'intéressera à leur gloire comme à la sienne propre.

A peine eus-je parlé qu'il s'éleva dans l'assemblée un bruit sourd semblable à celui des vagues de la mer qui s'entre-choquent dans une tempête. Les uns disoient : Est-ce quelque divinité sous une figure humaine? D'autres soutenoient qu'ils m'avoient vu en d'autres pays, et qu'ils me reconnoissoient. D'autres s'écrioient : Il faut le contraindre de régner ici ! Enfin je repris la parole, et chacun se hâta de se taire, ne sachant si je n'allois point accepter ce que j'avois refusé d'abord. Je leur dis :

Souffrez, ô Crétois, que je vous dise ce que je pense. Vous êtes le plus sage de tous les peuples : mais la sagesse demande, ce me semble, une précaution qui vous échappe. Vous devez choisir, non pas l'homme qui raisonne le mieux sur les loix, mais celui qui les pratique avec la plus constante vertu. Pour moi, je suis jeune, par conséquent sans expérience, exposé à la violence des passions, et plus en état de m'instruire en obéissant pour commander un jour, que de commander maintenant. Ne cherchez donc pas un homme qui ait vaincu les autres dans les jeux d'esprit et de corps, mais qui se soit vaincu lui-même; cherchez un homme qui ait vos loix écrites dans le fond de son cœur, et dont toute la vie soit la pratique de ces loix; que ses actions, plutôt que ses paroles, vous le fassent choisir.

Tous les vieillards, charmés de ce discours, et voyant toujours croître les applaudissements de l'assemblée, me dirent: Puisque les dieux nous ôtent l'espérance de vous voir régner au milieu de nous, du moins aidez-nous à trouver un roi qui fasse régner nos loix. Connoissez-vous quelqu'un qui puisse commander avec cette modération? Je connois, leur dis-je d'abord, un homme de qui je tiens tout ce que vous avez estimé en moi; c'est sa sagesse et non pas la mienne qui vient de parler, et il m'a inspiré toutes les réponses que vous venez d'entendre.

En même temps toute l'assemblée jetta les yeux sur Mentor, que je montrois le tenant par la main. Je racontois les soins qu'il avoit eus de mon enfance, les périls dont il m'avoit délivré, les malheurs qui étoient venus fondre sur moi dès que j'avois cessé de suivre ses conseils.

D'abord on ne l'avoit point regardé à cause de ses habits simples et négligés, de sa contenance modeste, de son silence presque continuel, de son air froid et réservé. Mais quand on s'appliqua à le regarder, on découvrit dans son visage je ne sais quoi de ferme et d'élevé : on remarqua la vivacité de ses yeux et la vigueur avec laquelle il faisoit jusqu'aux moindres actions. On le questionna, il fut admiré : on résolut de le faire roi. Il s'en défendit sans s'émouvoir : il dit qu'il préféroit les douceurs d'une vie privée à l'éclat de la royauté ; que les meilleurs rois étoient malheureux en ce qu'ils ne faisoient presque jamais les biens qu'ils vouloient faire, et qu'ils faisoient souvent, par la surprise des flatteurs, les maux qu'ils ne vouloient pas. Il ajouta que si la servitude est misérable, la royauté ne l'est pas moins, puisqu'elle est une servitude déguisée. Quand on est roi, disoit-il, on dépend de tous ceux dont on a besoin pour se faire obéir. Heureux celui qui n'est point obligé de commander! Nous ne devons qu'à notre seule patrie, quand elle nous confie l'autorité, le sacrifice de notre liberté pour travailler au bien public.

Alors les Crétois, ne pouvant revenir de leur surprise, lui demanderent quel homme ils devoient choisir. Un homme, répondit-il, qui vous connoisse bien, puisqu'il faudra qu'il vous gouverne, et qui craigne de vous gouverner. Celui qui desire la royauté ne la connoît pas: et comment en remplira-t-il les devoirs, ne les connoissant point? Il la cherche pour lui: et vous devez desirer un homme qui ne l'accepte que pour l'amour de vous.

Tous les Crétois furent dans un étrange étonnement de voir deux étrangers qui refusoient la royauté, recherchée par tant d'autres; ils voulurent savoir avec qui ils étoient venus. Nausicrate, qui les avoit conduits depuis le port jusqu'au cirque où l'on célébroit les jeux, leur montra Hazael avec lequel Mentor et moi nous étions venus de l'isle de Cypre. Mais leur étonnement fut encore bien plus grand quand ils surent que Mentor avoit été esclave d'Hazael; qu'Hazael, touché de la sagesse et de la vertu de son esclave, en avoit fait son conseil et son meilleur ami; que cet esclave mis en liberté étoit le même qui venoit de refuser d'être roi, et qu'Hazael étoit venu de Damas en Syrie pour s'instruire des loix de Minos, tant l'amour de la sagesse remplissoit son cœur.

Les vieillards dirent à Hazael : Nous n'osons vous prier de nous gouverner ; car nous jugeons que vous avez les mêmes pensées que Mentor. Vous méprisez trop les hommes pour vouloir vous charger de les conduire : d'ailleurs vous êtes trop détaché des richesses et de l'éclat de la royauté pour vouloir acheter cet éclat par les peines attachées au gouvernement des peuples. Hazael répondit : Ne croyez pas, ô Crétois, que je méprise les hommes. Non, non : je sais combien il est grand de travailler à les rendre bons et heureux ; mais ce travail est rempli de peines et de dangers. L'éclat qui y est attaché est faux, et ne peut éblouir que des ames vaines. La vie est courte ; les grandeurs irritent plus les passions qu'elles ne peuvent les contenter : c'est pour apprendre à me passer de ces faux biens, et non pas pour y parvenir, que je suis venu de si loin. Adieu. Je ne songe qu'à retourner dans une vie paisible et retirée, où la sagesse nourrisse mon cœur, et où les espérances qu'on tire de la vertu pour une autre meilleure vie après la mort me consolent dans les chagrins de la vieillesse. Si j'avois quelque chose à souhaiter, ce ne seroit pas d'être roi, ce seroit de ne me séparer jamais de ces deux hommes que vous voyez.

Enfin les Crétois s'écrierent, parlant à Mentor : Dites-nous, ô le plus sage et le plus grand de tous les mortels, dites-nous donc qui est-ce que nous pouvons choisir pour notre roi : nous ne vous laisserons point aller que vous ne nous ayez appris le choix que nous devons faire. Il leur répondit : Pendant que j'étois dans la foule des spectateurs, j'ai remarqué un homme qui ne témoignoit aucun empressement : c'est un vieillard assez vigoureux. J'ai demandé quel homme c'étoit, on m'a répondu qu'il s'appelloit Aristodeme. Ensuite j'ai entendu qu'on lui disoit que ses deux enfants étoient au nombre de ceux qui combattoient; il a paru n'en avoir aucune joie : il a dit que pour l'un il ne lui souhaitoit point les périls de la royauté, et qu'il aimoit trop sa patrie pour consentir que l'autre régnât jamais. Par là j'ai compris que ce pere aimoit d'un amour raisonnable l'un de ses enfants qui a de la vertu, et qu'il ne flattoit point l'autre dans ses déréglements. Ma curiosité augmentant, j'ai demandé quelle a été la vie de ce vieillard. Un de vos citoyens m'a répondu : Il a long-temps porté les armes, et il est couvert de blessures : mais sa vertu sincere et ennemie de la flatterie l'avoit rendu incommode à Idoménée. C'est ce qui empêcha ce roi de s'en servir dans le siege de Troie; il craignit un homme qui lui donneroit de sages conseils qu'il ne pourroit se résoudre à suivre ; il fut même jaloux de la gloire que cet homme ne manqueroit pas d'acquérir bientôt : il oublia tous ses services ; il le laissa ici pauvre, méprisé des hommes grossiers et lâches qui n'estiment que les richesses. Mais, content dans sa pauvreté, il vit gaiement dans un endroit écarté de l'isle, où il cultive son champ de ses propres mains. Un de ses fils travaille avec lui ; ils s'aiment tendrement, ils sont heureux. Par leur frugalité et leur travail ils se sont mis dans l'abondance des choses nécessaires à une vie simple. Le sage vieillard donne aux pauvres malades de son voisinage tout ce qui lui reste au-delà de ses besoins et de ceux de son fils. Il fait travailler tous les jeunes gens ; il les exhorte, il les instruit : il juge tous les différends de son voisinage ; il est le pere de toutes les familles. Le malheur de la sienne est d'avoir un second fils qui n'a voulu suivre aucun de ses conseils. Le pere, après avoir long-temps souffert pour tâcher de le corriger de ses vices, l'a enfin chassé : il s'est abandonné à une folle ambition et à tous les plaisirs.

Voilà, ô Crétois, ce qu'on m'a raconté : vous devez savoir si ce récit est véritable. Mais si cet homme est tel qu'on le dépeint, pourquoi faire des jeux ? pourquoi assembler tant d'inconnus ? vous avez au milieu de vous un homme qui vous connoît et que vous connoissez ; qui sait la guerre ; qui a montré son courage non seulement contre les fleches et contre les dards, mais contre l'affreuse pauvreté ; qui a méprisé les richesses acquises par la flatterie ; qui aime le travail ; qui sait combien l'agriculture est utile à un peuple ; qui déteste le faste ; qui ne se laisse point amollir par un amour aveugle de ses enfants ; qui aime la vertu de l'un, et qui condamne le vice de l'autre ; en un mot, un homme qui est déja le pere du peuple. Voilà votre roi, s'il est vrai que vous desiriez de faire régner chez vous les loix du sage Minos.

Tout le peuple s'écria : Il est vrai, Aristodeme est tel que vous le dites ; c'est lui qui est digne de régner. Les vieillards le firent appeller : on le chercha dans la foule, où il étoit confondu avec les derniers du peuple. Il parut tranquille. On lui déclara qu'on le faisoit roi. Il répondit : Je n'y puis consentir qu'à trois conditions. La premiere, que je quitterai la royauté dans deux ans si je ne vous rends meilleurs que vous n'êtes, et si vous résistez aux loix. La seconde, que je serai libre de continuer une vie simple et frugale. La troisieme, que mes enfants n'auront aucun rang, et qu'après ma mort on les traitera sans distinction, selon leur mérite, comme le reste des citoyens.

A ces paroles il s'éleva dans l'air

mille cris de joie. Le diadême fut mis par le chef des vieillards gardes des loix sur la tête d'Aristodeme. On fit des sacrifices à Jupiter et aux autres grands dieux. Aristodeme nous fit des présents, non pas avec la magnificence ordinaire aux rois, mais avec une noble simplicité. Il donna à Hazael les loix de Minos écrites de la main de Minos même : il lui donna aussi un recueil de toute l'histoire de Crete depuis Saturne et l'âge d'or : il fit mettre dans son vaisseau des fruits de toutes les especes qui sont bonnes en Crete et inconnues dans la Syrie, et lui offrit tous les secours dont il pouvoit avoir besoin.

Comme nous pressions notre départ, il nous fit préparer un vaisseau avec un grand nombre de bons rameurs et d'hommes armés ; il y fit mettre des habits pour nous et des provisions. A l'instant même il s'éleva un vent favorable pour aller en Ithaque : ce vent, qui étoit contraire à Hazael, le contraignit d'attendre. Il nous vit partir; il nous embrassa comme des amis qu'il ne devoit jamais revoir. Les dieux sont justes, disoit-il : ils voient une amitié qui n'est fondée que sur la vertu; un jour ils nous réuniront; et ces champs fortunés où l'on dit que les justes jouissent après la mort d'une paix éternelle verront nos ames se rejoindre pour ne se séparer jamais. Oh! si mes cendres pouvoient aussi être recueillies avec les vôtres! En prononçant ces mots, il versoit un torrent de larmes, et les soupirs étouffoient sa voix. Nous ne pleurions pas moins que lui; et il nous conduisit au vaisseau.

Pour Aristodeme, il nous dit: C'est vous qui venez de me faire roi; souvenez-vous des dangers où vous m'avez mis. Demandez aux dieux qu'ils m'inspirent la vraie sagesse, et que je surpasse autant en modération les autres hommes, que je les surpasse en autorité. Pour moi, je les prie de vous conduire heureusement dans votre patrie; d'y confondre l'insolence de vos ennemis, et de vous y faire voir en paix Ulysse régnant avec sa chere Pénélope. Télémaque, je vous donne un bon vaisseau plein de rameurs et d'hommes armés; ils pourront vous servir contre ces hommes injustes qui persécutent votre mere. Ô Mentor! votre sagesse, qui n'a besoin de rien, ne me laisse rien à desirer pour vous. Allez tous deux, vivez heureux ensemble; souvenez-vous d'Aristodeme: et si jamais les Ithaciens ont besoin des Crétois, comptez sur moi jusqu'au dernier soupir de ma vie. Il nous embrassa; et nous ne pûmes, en le remerciant, retenir nos larmes.

Cependant le vent qui enfloit nos voiles nous promettoit une douce navigation. Déja le mont Ida n'étoit plus à nos yeux que comme une colline;

tous les rivages disparoissoient : les côtes du Péloponese sembloient s'avancer dans la mer pour venir au-devant de nous. Tout-à-coup une noire tempête enveloppa le ciel, et irrita toutes les ondes de la mer. Le jour se changea en nuit, et la mort se présenta à nous. Ô Neptune ! c'est vous qui excitâtes, par votre superbe trident, toutes les eaux de votre empire ! Vénus, pour se venger de ce que nous l'avions méprisée jusques dans son temple de Cythere, alla trouver ce dieu ; elle lui parla avec douleur ; ses beaux yeux étoient baignés de larmes : du moins c'est ainsi que Mentor, instruit des choses divines, me l'a assuré. Souffrirez-vous, Neptune, disoit-elle, que ces impies se jouent impunément de ma puissance ? Les dieux mêmes la sentent ; et ces téméraires mortels ont osé condamner tout ce qui se fait dans mon isle. Ils se piquent d'une sagesse à toute épreuve, et ils traitent l'amour de folie. Avez-vous oublié que je suis née dans votre empire ? Que tardez-vous à ensevelir dans vos profonds abîmes ces deux hommes que je ne puis souffrir ?

A peine avoit-elle parlé, que Neptune souleva les flots jusqu'au ciel : et Vénus rit, croyant notre naufrage inévitable. Notre pilote, troublé, s'écria qu'il ne pouvoit plus résister aux vents qui nous poussoient avec violence vers des rochers : un coup de vent rompit notre mât ; et un moment après nous entendîmes les pointes des rochers qui entr'ouvroient le fond du navire. L'eau entre de tous côtés ; le navire s'enfonce ; tous nos rameurs poussent de lamentables cris vers le ciel. J'embrasse Mentor, et je lui dis : Voici la mort, il faut la recevoir avec courage. Les dieux ne nous ont délivrés de tant de périls, que pour nous faire périr aujourd'hui. Mourons, Mentor, mourons ; c'est une consolation pour moi de mourir avec vous : il seroit inutile de disputer notre vie contre la tempête.

Mentor me répondit : Le vrai courage trouve toujours quelque ressource. Ce n'est pas assez d'être prêt à recevoir tranquillement la mort ; il faut, sans la craindre, faire tous ses efforts pour la repousser. Prenons, vous et moi, un de ces grands bancs de rameurs. Tandis que cette multitude d'hommes timides et troublés regrette la vie sans chercher les moyens de la conserver, ne perdons pas un moment pour sauver la nôtre. Aussitôt il prend une hache, il acheve de couper le mât qui étoit déja rompu, et qui, penchant dans la mer, avoit mis le vaisseau sur le côté : il jette le mât hors du vaisseau, et s'élance dessus au milieu des ondes furieuses ; il m'appelle par mon nom, et m'encourage pour le suivre. Tel qu'un grand arbre que tous les vents conjurés attaquent, et qui demeure immobile sur ses profondes racines, en sorte que la tempête ne fait qu'agiter ses feuilles : de même Mentor, non seulement ferme et courageux, mais doux et tranquille, sembloit commander aux vents et à la mer. Je le suis. Hé ! qui auroit pu ne le pas suivre étant encouragé par lui ?

Nous nous conduisions nous-mêmes sur ce mât flottant. C'étoit un grand secours pour nous, car nous pouvions nous asseoir dessus ; et s'il eût fallu nager sans relâche, nos forces eussent été bientôt épuisées. Mais souvent la tempête faisoit tourner cette grande piece de bois, et nous nous trouvions enfoncés dans la mer : alors nous buvions l'onde amere, qui couloit de notre bouche, de nos narines et de nos oreilles; et nous étions contraints de disputer contre les flots, pour rattraper le dessus de ce mât. Quelquefois aussi une vague haute comme une montagne venoit passer sur nous, et nous nous tenions ferme, de peur que, dans cette violente secousse, le mât, qui étoit notre unique espérance, ne nous échappât.

Pendant que nous étions dans cet état affreux, Mentor, aussi paisible qu'il l'est maintenant sur ce siege de gazon, me disoit : Croyez-vous, Télémaque, que votre vie soit abandonnée aux vents et aux flots ? Croyez-vous qu'ils puissent vous faire périr sans l'ordre des dieux ? Non, non; les dieux décident de tout. C'est donc les dieux, et non pas la mer, qu'il faut craindre. Fussiez-vous au fond des abîmes, la main de Jupiter pourroit vous en tirer.

Fussiez-vous dans l'Olympe, voyant les astres sous vos pieds, Jupiter pourroit vous plonger au fond de l'abîme, ou vous précipiter dans les flammes du noir tartare. J'écoutois et j'admirois ce discours qui me consoloit un peu : mais je n'avois pas l'esprit assez libre pour lui répondre. Il ne me voyoit point : je ne pouvois le voir. Nous passâmes toute la nuit, tremblants de froid et demi-morts, sans savoir où la tempête nous jettoit. Enfin les vents commencerent à s'appaiser ; et la mer, mugissant, ressembloit à une personne qui, ayant été long-temps irritée, n'a plus qu'un reste de trouble et d'émotion, étant lasse de se mettre en fureur ; elle grondoit sourdement, et ses flots n'étoient presque plus que comme les sillons qu'on trouve dans un champ labouré.

Cependant l'Aurore vint ouvrir au

Soleil les portes du ciel, et nous annonça un beau jour. L'orient étoit tout en feu; et les étoiles, qui avoient été si long-temps cachées, reparurent, et s'enfuirent à l'arrivée de Phébus. Nous apperçûmes de loin la terre; et le vent nous en approchoit : alors je sentis l'espérance renaître dans mon cœur. Mais nous n'apperçûmes aucun de nos compagnons : selon les apparences, ils perdirent courage, et la tempête les submergea tous avec le vaisseau. Quand nous fûmes auprès de la terre, la mer nous poussoit contre des pointes de rochers qui nous eussent brisés; mais nous tâchions de leur présenter le bout de notre mât : et Mentor faisoit de ce mât ce qu'un sage pilote fait du meilleur gouvernail. Ainsi nous évitâmes ces rochers affreux, et nous trouvâmes enfin une côte douce et unie, où, nageant sans peine, nous abordâmes sur le sable. C'est là que vous nous vîtes, ô grande déesse qui habitez cette isle; c'est là que vous daignâtes nous recevoir.

FIN DU TOME PREMIER.

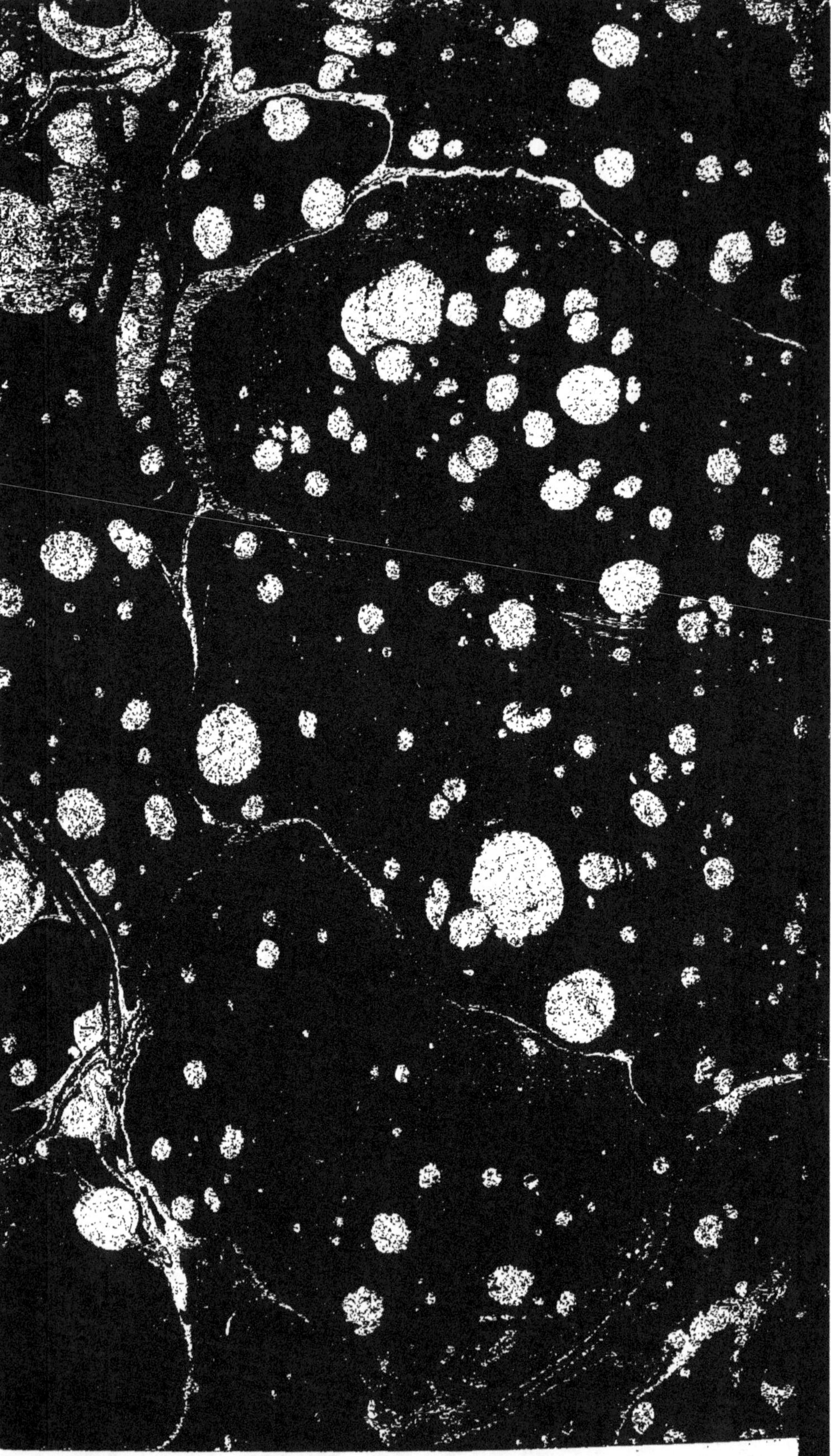

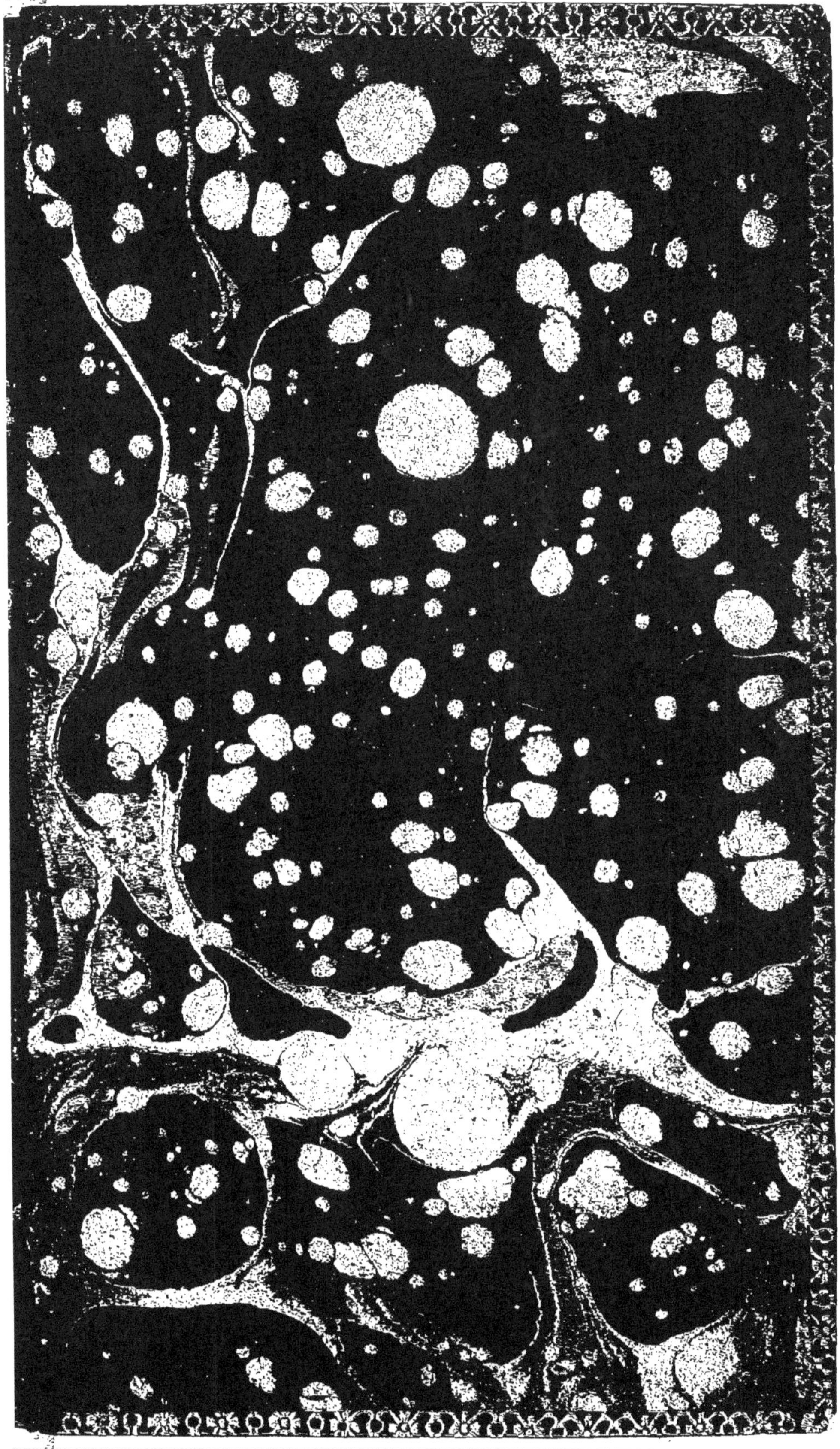

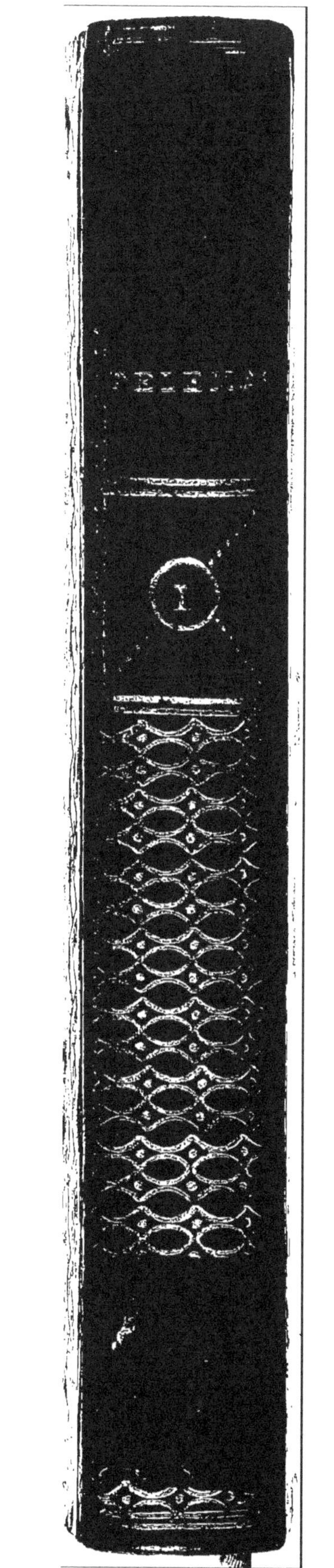

www.ingramcontent.com/pod-product-compliance
Lightning Source LLC
LaVergne TN
LVHW010556110826
845149LV00003B/673

9782013512527